© EDITORIAL ANDRÉS BELLO
Av. Ricardo Lyon 946, Santiago de Chile

Registro de Propiedad Intelectual
Inscripción N° 96.066, año 1996
Santiago - Chile

Se terminó de imprimir esta primera edición
en el mes de agosto de 1996
Tirada Club: 10.000 ejemplares
Tirada Lib.: 8.000 ejemplares

IMPRESORES: Tecimpre S.A.

IMPRESO EN COLOMBIA / PRINTED IN COLOMBIA

ISBN Club   956-13-1409-6
ISBN Lib.   956-13-1408-8

ARTHUR CONAN DOYLE

CUENTOS
ESPELUZNANTES

EDITORIAL ANDRÉS BELLO
Barcelona • Buenos Aires • México D. F. • Santiago de Chile

ESPANTO EN LAS ALTURAS

En el que se transcribe el manuscrito conocido con el nombre de Notas Fragmentarias de Joyce-Armstrong

H a quedado descartada por cuantos han entrado a fondo en el estudio del caso la idea de que el relato extraordinario conocido con el nombre de *Notas fragmentarias de Joyce-Armstrong,* sea una complicada y macabra broma tramada por un desconocido que poseía un sentido perverso del humorismo. Hasta el maquinador más fantástico y tortuoso vacilaría ante la perspectiva de ligar sus morbosas alucinaciones con sucesos trágicos y fehacientes para darles una mayor credibilidad. A pesar de que las afirmaciones hechas en esas notas sean asombrosas y lleguen incluso hasta la monstruosidad, lo cierto es que la opinión general se está viendo obligada a darlas por auténticas, y resulta imprescindible que reajustemos nuestras ideas de acuerdo con la nueva situación. Según parece, este mundo nuestro se encuentra ante un peligro por demás extraño e inesperado, del que únicamente lo separa un margen de seguridad muy ligero y precario. En este relato, en el que se transcribe el documento original en su forma, que es por fuerza algo fragmentaria, trataré de exponer ante el lector el conjunto de los hechos hasta el día de hoy, y como prefacio a lo que voy a narrar, diré que si alguien duda de lo que cuenta Joyce-Armstrong, no puede ponerse ni por un momento en tela de juicio todo cuanto se refiere al teniente Myrtle, R. N. y a míster Harry Connor, que halló su fin, sin ninguna duda posible, de la manera que en el documento se describe.

Las *Notas fragmentarias de Joyce-Armstrong* fueron encontradas en el campo conocido con el nombre de Lower Haycook, que queda a una milla al oeste de la aldea de Withyham, en la divisoria de los condados de Kent y de Sussex. El día 15 del pasado mes de septiembre, James Flynn, un peón de labranza que trabaja con el agricultor Mathew Dodd, de la granja Chanutry, de Withyham, vio una pipa de palo de rosa, cerca del sendero que rodea el cierre de arbustos de Lower Haycook. A pocos pasos de distancia recogió unos prismáticos rotos. Por último, distinguió entre algunas ortigas que había en el canal lateral un libro poco abultado, con tapas de lona, que resultó ser un cuaderno de hojas desprendibles, algunas de las cuales se habían soltado y se movían aquí y allá por la base de la cerca. El campesino las recogió, pero algunas de esas hojas, y entre ellas la que debía ser la primera del cuaderno, no se encontraron por más que se las buscó, y esas páginas perdidas dejan un vacío lamentable en este importantísimo relato. El peón entregó el cuaderno a su amo, y éste, a su vez, se lo mostró al doctor H. M. Atherton, de Hartfield. Este caballero comprendió en el acto la necesidad de que tal documento fuese sometido al examen de un técnico, y con ese objeto lo hizo llegar al Club Aéreo de Londres, donde se encuentra actualmente.

Faltan las dos primeras páginas del manuscrito, y también ha sido arrancada la página final en que termina el relato: sin embargo, su pérdida no le hace perder coherencia. Se supone que las primeras exponían en detalle los títulos que como aeronauta poseía míster Joyce-Armstrong, pero esos títulos pueden buscarse en otras fuentes, siendo cosa reconocida por todos que nadie le superaba entre los muchos pilotos aéreos de Inglaterra. Míster Joyce-Armstrong gozó durante muchos años la reputación de ser el más audaz y el más cerebral de los aviadores. Esa combinación de cualidades lo puso en condiciones de inventar y de poner a prueba varios dispositivos nuevos, entre los que está incluido el hoy corriente mecanismo giroscópico bautizado con su apellido. La parte principal del manuscrito está escrita con tinta y buena letra, pero, pero unas cuantas líneas del final lo están a lápiz y con letra tan confusa, que resultan difíciles de leer. Para ser exactos, diríamos que están escritas como si hubiesen sido garrapateadas apresuradamente desde el asiento de un aeroplano en vuelo. Conviene que digamos también que hay varias manchas, tanto en la última página como en la tapa exterior, y que los técnicos del Ministerio del Interior han dictaminado que se trata de manchas de sangre, sangre humana probablemente y, sin duda alguna, de animal mamífero. Como en esas manchas de sangre se descubrió algo que se parece extraordinariamente al microbio de la malaria, y como se sabe que Joyce-Armstrong padecía de fiebres intermitentes, podemos presentar el caso como un ejemplo notable de las nuevas armas que la ciencia moderna ha puesto en manos de nuestros detectives.

Digamos ahora algunas palabras acerca de la personalidad del autor de este relato que hará época. Según lo que afirman los pocos amigos que sabían en verdad algo de Joyce-Armstrong, era éste un poeta y un soñador, además de mecánico e inventor. Disponía de una fortuna importante, y había invertido buena parte de ella en su afición al vuelo. En sus cobertizos de las proximidades de Devizes tenía cuatro aeroplanos particulares, y se asegura que en el transcurso del año pasado realizó no menos de ciento setenta vuelos. Era hombre reservado y sufría de accesos de misantropía. En esos accesos esquivaba el trato con los demás. El capitán Dangerfield, que era quien más a fondo le trataba, afirma que en ciertos momentos la excentricidad de su amigo amenazaba con adquirir contornos de algo más grave. Una manifestación de esa excentricidad era su costumbre de llevar una escopeta en su aeroplano.

Otro detalle característico era la impresión morbosa que produjo en sus facultades el accidente del teniente Myrtle. Éste había caído desde una altura aproximada de treinta mil pies, cuando intentaba superar la marca. Aunque su cuerpo conservó su apariencia de tal, la verdad horrible fue que no quedó el menor rastro de su cabeza. Joyce-Armstrong, según cuenta Dangerfield, planteaba en toda reunión de aviadores la siguiente pregunta, subrayada con una enigmática sonrisa: ¿Quieren decirme adónde fue a parar la cabeza de Myrtle?

En otra ocasión, estando de sobremesa en el comedor común de la Escuela de Aviación de Salisbury Plain, planteó un debate acerca de cuál sería el mayor peligro permanente con el que tendrían que enfrentarse los aviadores. Después de escuchar las opiniones que allí se fueron exponiendo acerca de los baches aéreos, la construcción defectuosa y la pérdida de velocidad, al llegarle el turno para exponer su opinión, se encogió de hombros y rehusó hacerlo, dejando la impresión de que no estaba conforme con ninguna de las expuestas por sus compañeros.

No estará de más que digamos que, al examinar sus asuntos particulares, después de la total desaparición de este aviador, se vio que lo tenía todo arreglado con tal exactitud que parece indicar que había tenido una fuerte premonición de la catástrofe. Hechas estas advertencias esenciales, paso a copiar la narración al pie de la letra, empezando en la página tercera del ensangrentado cuaderno:

"Sin embargo, durante mi cena en Reims con Coselli y con Gustavo Raymond, pude convencerme de que ni el uno ni el otro habían percibido ningún peligro especial en las capas más altas de la atmósfera. No les expuse lo que pensaba; pero como estuve tan próximo a ese peligro, tengo la seguridad de que si ellos lo hubiesen percibido de una manera parecida, habrían expuesto, sin duda alguna, lo que les había ocurrido. Ahora bien; esos dos aviadores son hombres hueros y vanidosos, que sólo piensan en ver sus nombres en los periódicos. Es interesante hacer constar que ni el uno ni el otro pasaron nunca mucho más allá de los veinte mil pies de altura. Todos sabemos que en algunas ascensiones en globo y en la escalada de montañas se ha llegado a cifras más elevadas. Tiene que ser bastante más allá de esa altura cuando el aeroplano penetra en la zona de peligro, dando siempre por bueno el que mis barruntos y corazonadas sean exactos.

La aviación se practica entre nosotros desde hace más de veinte años, y surge en el acto la siguiente pregunta: ¿Por qué este peligro no se ha descubierto hasta el día de hoy? La respuesta es evidente. Antaño, cuando se pensaba que un motor de cien caballos de las marcas Gnome o Green bastaba y sobraba para todas las necesidades, los vuelos eran muy limitados. En la actualidad, cuando el motor de trescientos caballos es la regla y no la excepción, el vuelo hasta las capas superiores de la atmósfera se ha hecho fácil y es más corriente. Algunos de nosotros podemos recordar que, siendo jóvenes, Garros conquistó celebridad mundial alcanzando los mil novecientos pies de altura y que sobrevolar los Alpes fue juzgado hazaña extraordinaria. En la actualidad, la norma corriente es inconmensurablemente más elevada, y se hacen veinte vuelos de altura al año por cada uno de los que se hacían en épocas pasadas. Muchos de esos vuelos de altura se han acometido sin daño alguno. Los treinta mil pies han sido alcanzados una y otra vez sin más molestias que el frío y la dificultad de respirar. ¿Qué demuestra esto? Un visitante ajeno a nuestro planeta podría realizar mil descensos en éste sin ver jamás un tigre. Sin embargo, los tigres existen, y si ese visitante descendiera en el interior de una selva, quizá fuese devorado por ellos. Pues bien: en las regiones superiores del aire existen selvas y habitan en ellas cosas peores que los tigres. Yo creo que se llegará, andando el tiempo, a trazar mapas exactos de esas selvas y junglas. Hoy mismo podría yo citar los nombres de dos de ellas. Una se extiende sobre el distrito Pau-Biarritz, en Francia: la otra queda exactamente sobre mi cabeza en este momento, cuando escribo estas líneas en mi casa de Wiltshire. Y estoy por creer que existe otra en el distrito de Homburg-Wiesbaden.

Empecé a pensar en el problema al ver cómo desaparecían algunos aviadores. Claro está que todo el mundo aseguraba que habían caído en el mar; pero yo no me quedé en modo alguno satisfecho con esa explicación. Por ejemplo, el caso de Verrier en Francia: su aparato fue encontrado en las proximidades de Bayona, pero nunca se descubrió el paradero de su cadáver. Vino después el caso de Baxter, que desapareció, aunque su motor y una parte de la armazón de hierro fueron descubiertos en un bosque de Leicestershire. El doctor Middleton, de Amesbury, que seguía el vuelo de ese aviador por medio de un telescopio, declara que un momento antes de que las nubes ocultasen el campo visual, vio cómo el aparato, que se encontraba a enorme altura, picó súbitamente en línea perpendicular hacia arriba, y dio una serie de respingos sucesivos de que él jamás habría creído capaz a un aeroplano. Esa fue la última visión que se tuvo de Baxter. Se publicaron en los periódicos cartas, pero no se llegó a nada concreto. Ocurrieron otros casos similares, y de pronto se produjo la muerte de Harry Connor. ¡Qué cacareo se armó a propósito del misterio sin resolver que se encerraba en los aires, y cuántas columnas se imprimieron a ese respecto en los periódicos populares; pero qué, poco se hizo para llegar hasta el fondo mismo del problema! Harry Connor descendió desde una altura ignorada y lo hizo en un fantástico planeo. No salió del aparato y murió en su asiento de piloto. ¿De qué murió? Enfermedad cardíaca, dijeron los médicos. ¡Tonterías! El corazón de Connor funcionaba tan a la perfección como funciona el mío. ¿Qué fue lo que dijo Venables? Venables fue el único que estaba a su lado cuando Connor murió. Dijo que el piloto temblaba y daba la impresión de un hombre que ha sufrido un susto terrible. Murió de miedo, afirmó Venables; pero no podía imaginarse qué fue lo que le asustó. Una sola palabra pronunció el muerto delante de Venables; una palabra que sonó algo así como *monstruoso*. En la investigación judicial no consiguieron sacar nada en limpio. Pero yo sí que pude sacar. ¡Monstruos! Ésa fue la última palabra que pronunció el pobre Harry Connor. Y, en efecto, murió de miedo, tal y como opinó Venables. Tenemos luego el caso de la cabeza de Myrtle. ¿Creen ustedes –cree en realidad nadie– que la fuerza de la caída desde lo alto puede arrancar limpiamente a una persona la cabeza del resto del cuerpo? Bien; quizá eso sea posible, pero yo al menos no he creído nunca que a Myrtle le ocurriese una cosa semejante. Tenemos, además, la grasa con que estaban manchadas sus ropas; alguien declaró en la investigación que estaban pegajosas de grasa. ¡Y pensar que esas palabras no intrigaron a nadie! A mí sí que me hicieron meditar, aunque, a decir verdad, ya pensaba en eso hace bastante tiempo. He llevado a cabo tres vuelos de altura, pero nunca llegué a la suficiente

—¡cuántas bromas me dirigía Dangerfield a propósito de mi escopeta! En la actualidad, disponiendo como dispongo de este aparato ligero de Paul Veroner, con su motor Robur de ciento setenta caballos, podría alcanzar fácilmente mañana mismo los treinta mil pies. Llevaré mi escopeta al tratar de superar esa marca, y quizá al mismo tiempo de apuntar a otra cosa. Es peligroso, sin duda alguna. Quien no quiera correr peligros es mejor que renuncie por completo a volar y que se acoja a las zapatillas de franela y al batín. Pero yo haré mañana una visita a la selva de la atmósfera, y si hay algo oculto en ella lo descubriré. Si vuelvo de la escalada, me habré convertido en hombre bastante célebre. Si no regreso, este cuaderno podrá servir de explicación de lo que intento hacer, y de cómo perdí mi vida al intentarlo. Pero, por favor, señores: nada de chácharas tontas acerca de accidentes ni de misterios.

Para realizar mi tarea he elegido mi monoplano Paul Veroner. Cuando se trata de hacer algo práctico, no hay nada como el monoplano. Ya Beaumont lo descubrió en los primeros días de la aviación. Empezando porque no le perjudica la humedad, y se tiene la impresión en todo momento de que se vuela entre nubes, este aparato mío es un pequeño y simpático modelo, que me responde lo mismo que responde a las riendas un caballo de boca blanda. El motor es un Robur de seis cilindros, que desarrolla una potencia de ciento setenta y cinco caballos. Dispone de todos los adelantos modernos: fuselaje cerrado, buen tren de aterrizaje, frenos, estabilizadores giroscópicos y tres velocidades, se timonea mediante la alteración del ángulo de los planos, de acuerdo con el principio de las persianas de Venecia. Llevo conmigo una escopeta y una docena de cartuchos cargados con postas de caza mayor. ¡Qué cara puso Perkins, mi buen mecánico, cuando le ordené que pusiese esas cosas dentro del aparato! Me vestí con la indumentaria de un explorador del Polo Ártico, con dos elásticos debajo de mi traje especial, y con gruesos calcetines dentro de botas acolchadas, un pasamontañas con orejeras, y mis anteojeras de talco. Dentro del cobertizo me ahogaba de calor, pero yo pretendía subir a alturas de Himalayas y tenía que ataviarme en consecuencia. Perkins se dio cuenta de que yo me traía entre manos algo importante, y me suplicó que lo dejara acompañarme. Quizá lo habría hecho si el aparato hubiese sido un biplano, pero el monoplano es cosa de un solo hombre, si de veras se quiere aprovechar toda su capacidad de ascensión. Metí, como es lógico, una bolsa de oxígeno; quien intente superar la marca de altura y no la lleve se quedará helado o se hará pedazos, si no le ocurren ambas cosas a la vez.

Revisé cuidadosamente los planos del timón, la dirección y la palanca elevadora. Hecho eso, me metí en el aparato. Todo, por lo que pude ver, estaba en condiciones. Entonces puse en marcha el motor y comprobé que funcionaba con toda suavidad. Cuando soltaron el aparato, éste se elevó casi instantáneamente en su velocidad mínima. Tracé un par de círculos por encima de mi campo de aviación para que el motor se calentase; saludé entonces a Perkins y a los demás con la mano, horizontalicé los planos y puse el motor en la máxima velocidad. El aparato se deslizó igual que una golondrina a favor del viento por espacio de ocho o diez millas; luego lo levanté un poco de cabeza y empezó a subir trazando una enorme espiral, en dirección al banco de nubes que tenía por encima de mí. Es de la máxima importancia ir ganando altura lentamente para adaptar el organismo a la presión atmosférica conforme se sube.

El día era sofocante y caluroso para lo que suele ser un mes de septiembre en Inglaterra, y se advertían el silencio y la pesadez de la lluvia inminente. De cuando en cuando llegaban por el Sudoeste súbitas ráfagas de viento. Una de ellas fue tan violenta e inesperada que me sorprendió distraído y casi me hizo cambiar de dirección por un instante. Recuerdo los tiempos en que bastaba una ráfaga, un súbito torbellino o un bache en el aire para poner en peligro a un aparato; eso ocurría antes de que aprendiésemos a dotar a nuestros aeroplanos de motores potentes capaces de dominarlo todo. En el momento en que yo alcanzaba los bancos de nubes y el altímetro señalaba los tres mil pies, empezó a caer la lluvia. ¡Qué manera de diluviar! El agua tamborileaba sobre las alas del aparato y me azotaba en la cara, empañando mis anteojos de manera que apenas podía distinguir nada. Puse la máquina a la velocidad mínima, porque resultaba difícil avanzar a contralluvia. Al ganar altura, la lluvia se convirtió en granizo, y no tuve más remedio que volverle la espalda. Uno de los cilindros dejó de funcionar; creo que por culpa de una bujía sucia; pero yo seguía subiendo, a pesar de todo, y a la máquina le sobraba fuerza. Todas esas molestias del cilindro, obedeciesen a la causa que fuere, pasaron al cabo de un rato, y pude oír el runruneo pleno y profundo de la máquina; los diez cilindros cantaban al unísono. Ahí es donde se advierte la belleza de nuestros modernos silenciadores. Nos permiten por lo menos el control de nuestros motores por el oído. ¡Cómo chillan, berrean y sollozan cuando funcionan defectuosamente! Antaño se perdían todos esos gritos con que piden socorro, porque el estruendo monstruoso del aparato se lo tragaba todo. ¡Qué lástima que los aviadores primitivos no puedan resucitar para ver la belleza y la perfección del mecanismo, conseguidas al precio de sus vidas!

A eso de las nueve y media me estaba yo aproximando a las nubes. Allá abajo, convertida en borrón oscuro por la lluvia, se extendía la gran llanura de Salisbury. Media docena de aparatos volaban llevando pasajeros a una altura de dos mil pies, y parecían negras golondrinas sobre el fondo verde. Supongo que se preguntaban qué diablos hacía yo tan arriba, en la región de las nubes. De pronto se extendió por debajo de mí una cortina gris y sentí que los pliegues húmedos del vapor formaban torbellinos alrededor de mi cara. Experimenté una sensación desagradable de frío y de viscosidad. Pero me encontraba sobre la tormenta de granizo, y eso era una ventaja. La nube era tan negra y espesa como las nieblas londinenses. Anhelando salir de ella, dirigir el aparato hacia arriba hasta que resonó la campanilla de alarma, y advertí que me estaba deslizando hacia atrás. Las alas de mi aparato, empapadas de agua, le habían dado un peso mayor que el que yo pensaba; pero entré en una nube menos espesa y no tardé en superar la primera capa nubosa. Surgió una segunda capa, de color opalino y como deshilachada, a gran altura por encima de mi cabeza; me encontré, pues, con un techo igualmente blanco por encima mío y con un suelo negro e ininterrumpido por debajo, mientras el monoplano ascendía trazando una espiral enorme entre los dos estratos de nubes. En esos espacios de nube a nube se experimenta una mortal sensación de soledad. En cierta ocasión, se me adelantó una gran bandada de pequeñas aves acuáticas, que volaban rapidísimas hacia Occidente. El rápido revuelo de sus alas y sus chillidos sonoros fueron una delicia para mis oídos. Creo que se trataba de cercetas, pero valgo poco como zoólogo. Ahora que nosotros los hombres nos hemos convertido en pájaros, sería preciso que aprendiésemos a conocer a fondo y de una sola ojeada a nuestras hermanas las aves.

Por debajo de mí, el viento soplaba con fuerza e imprimía balanceos a la inmensa llanura de nubes. En un momento dado se formó una gran marea, un torbellino de vapores, y a través de su centro, que tomó la configuración de una chimenea, distinguí un trozo del mundo lejano. Un gran biplano blanco cruzó a enorme profundidad por debajo de mí. Me imagino que sería el encargado del servicio matutino de correos entre Bristol y Londres. El agujero provocado por el torbellino de nubes volvió a cerrarse y entonces nada alteró la inmensa soledad en que me encontraba.

Poco después de las diez alcancé el borde inferior del estrato de nubes sobre mí. Estaban formadas por finos vapores diáfanos que se deslizaban rápidamente desde el Oeste. Durante todo ese tiempo había ido subiendo de manera constante la fuerza del viento hasta convertirse en una fuerte brisa de veintiocho millas por hora, según mi aparato. La temperatura era ya muy fría, a pesar de que mi altímetro sólo señalaba los nueve mil pies. El motor funcionaba admirablemente, y nos lanzamos hacia arriba con firme runruneo. El banco de nubes era de mayor espesor que lo calculado por mí, pero pude salir de él, poco después, descubriendo un cielo sin nubes y un sol brillante, es decir, todo azul y oro por encima; y todo plata brillante por debajo, formando una llanura inmensa y luminosa hasta perderse de vista. Eran ya más de las diez y cuarto, y la aguja del barógrafo señalaba los doce mil ochocientos pies. Seguí subiendo y subiendo, con el oído puesto en el profundo runruneo de mi motor y los ojos clavados tan pronto en el indicador de revoluciones, como en el marcador del combustible y en la bomba de aceite. Con razón se afirma que los aviadores son gente que no conoce el miedo. La verdad es que tienen que pensar en tantas cosas, que no les queda tiempo para preocuparse de sí mismos. Fue en ese momento cuando advertí la poca confianza que se podía tener en la brújula al alcanzar determinadas alturas. A los quince mil pies, la mía señalaba hacia Occidente, con un punto de desviación hacia el Sur; pero el sol y el viento me proporcionaron la orientación exacta.

Esperaba encontrar en semejantes alturas una inmovilidad absoluta; pero a cada mil pies de nueva elevación, el viento adquiría mayor fuerza. Mi aparato gruñía y se estremecía en todas sus junturas y remaches cuando se ponía de cara al viento, y era arrastrado lo mismo que una hoja de papel cuando yo lo frenaba para hacer un viraje, resbalando a favor del viento a una velocidad superior quizá a la que ha viajado mortal alguno. Sin embargo, tenía que seguir haciendo virajes a sotavento, porque lo que me proponía no era únicamente superar la marca de altura. Según todos mis cálculos mi selva aérea quedaba por encima del pequeño Wiltshire, y todo mi esfuerzo resultaría perdido si saliese a la superficie superior del estrato de nubes más allá de ese punto.

Cuando alcancé los diecinueve mil pies de altura, a eso del mediodía, el viento soplaba con tal fuerza que no pude menos que observar con algo de preocupación los sostenes de mis alas, temiendo que de un momento a otro estallasen, o se aflojasen. Llegué incluso a soltar el paracaídas que llevaba detrás y aseguré su gancho en la argolla de mi cinturón de cuero, para estar preparado por si ocurría lo peor. Había llegado el momento en que la más pequeña chapucería en la tarea del mecánico se paga con la vida del aviador. El aparato, sin embargo, resistió valerosamente. Todas las fibras y tirantes zumbaban y vibraban lo mismo que cuerdas de arpa bien templada; pero resultaba magnífico ver cómo el aparato seguía imponiéndose a la naturaleza y enseñoreándose del firmamento, a pesar de todos los golpes y sacudidas. Algo hay, sin duda alguna, de divino en el hombre mismo para que haya podido superar las limitaciones que parecían serle impuestas por la creación; para superarlas, además, con el desprendimiento, el heroísmo y la abnegación que ha demostrado en esta conquista del aire. ¡Que se callen los que hablan de que el hombre degenera! ¿En qué época de los anales de nuestra raza se ha escrito hazaña como la de la aviación?

Éstos eran los pensamientos que circulaban por mi cerebro mientras trepaba por aquel monstruoso plano inclinado, y el viento me azotaba unas veces en la cara y otras me silbaba detrás de las orejas, y el país de nubes que quedaba por debajo de mí se hundía a distancia tal, que los pliegues y montículos de plata habían quedado alisados y convertidos en una llanura resplandeciente. Pero tuve de pronto la sensación de algo horrible y sin precedentes. Antes había tenido conciencia práctica de lo que suponía encontrarse metido dentro de un torbellino, pero jamás en un torbellino de semejante magnitud. Aquella enorme y arrebatadora riada de viento de que he hablado ya, tenía, según parece, dentro de su corriente, unos remolinos tan monstruosos como ella. Me vi arrastrado súbitamente y sin un segundo de advertencia hasta el corazón de uno de ellos. Giré sobre mí mismo por espacio de un par de minutos con tal velocidad que perdí casi el sentido, y de pronto caí a plomo, sobre el ala izquierda, dentro de la hueca chimenea que formaba el eje de aquél. Caí lo mismo que una piedra, y perdí casi mil pies de altura. Sólo gracias a mi cinturón permanecí en mi asiento, y el golpe de la sorpresa y la falta de respiración me dejaron tirado y casi insensible, de bruces sobre el costado del fuselaje. Pero yo he sido siempre capaz de realizar un esfuerzo supremo; ése es mi único gran mérito como aviador. Tuve la sensación de que el descenso se retardaba. El torbellino tenía más bien forma de cono que de túnel vertical, y yo me había metido durante mi ascensión en el vértice mismo. Con un tirón terrorífico, echando todo mi peso a un lado, enderecé los planos del timón y me zafé del viento. Un instante después salí como una bala de aquel oleaje y me deslizaba suavemente por el firmamento abajo. Después, zarandeado, pero victorioso, dirigí la cabeza del aparato hacia arriba y reanudé mi firme esfuerzo por la espiral hacia lo alto. Di un gran rodeo para evitar el punto de peligro del torbellino, y no tardé en hallarme a salvo por encima suyo. Muy poco después de la una me encontraba a veintiún mil pies sobre el nivel del mar. Vi jubiloso que había salido por encima del huracán, y que el aire se iba calmando más y más a cada cien metros que subía.

Por otro lado, la temperatura era muy fría, y sentí las náuseas características que se producen por el enrarecimiento del aire. Desatornillé por vez primera la boca de mi bolsa de oxígeno y aspiré de cuando en cuando una bocanada del gas reconfortante. Lo sentía correr por mis venas igual que una bebida cordial, y me sentí jubiloso casi hasta el punto de la borrachera. Me puse a gritar y cantar a medida que me remontaba cada vez más arriba, dentro de un mundo exterior helado y silencioso.

Para mí es cosa completamente clara que la insensibilidad que se apoderó de Glaisher, y en menor grado de Coxwell, cuando, en 1862, llegaron en su ascensión en globo hasta la altura de treinta mil pies, fue causada por la extraordinaria velocidad con que se realiza una subida perpendicular. No se producen esos síntomas tan espantosos cuando la ascensión se lleva a cabo siguiendo una suave cuesta arriba, acostumbrándose de ese modo, por una graduación lenta, a la menor presión barométrica. A esa misma altura de los treinta mil pies no necesité ni inhalador de oxígeno, y pude respirar sin exagerada fatiga. Sin embargo, el frío era crudísimo, y mi termómetro estaba a cero grado Fahrenheit. A la una y media me hallaba yo casi a siete millas por encima de la superficie de la tierra, y seguía elevándome más y más. Comprobé, sin embargo, que el aire rarificado presentaba un apoyo mucho menos sensible a mis planos, y en consecuencia fue necesario rebajar mucho mi ángulo de ascenso. Era evidente que a pesar de lo ligero de mi peso y de la gran fuerza de mi motor, llegaría a un punto del que no podría pasar. Para empeorar la situación aún más, una de las bujías, empezó a fallar otra vez, y el motor producía explosiones intermitentes a destiempo. Se me angustió el corazón temiendo que iba a fracasar.

Fue en esos momentos cuando me ocurrió una cosa extraordinaria. Sentí que pasaba por mi lado y que se me adelantaba algo sibilante que dejaba un reguero de humo y que estalló con un ruido estrepitoso y siseante, despidiendo una nube de vapor. De momento no pude imaginarme lo que había ocurrido. Luego, recordé que la Tierra sufre un constante bombardeo de piedras meteóricas, y que apenas sería habitable si esas piedras no se convirtiesen casi siempre en vapor al entrar en las capas exteriores de la atmósfera. He ahí un peligro más para el aviador de las grandes alturas; lo digo porque pasaron por mi lado otras dos cuando estaba acercándome a la marca de los cuarenta mil pies. No me cabe la menor duda de que ese peligro ha de ser muy grande en el borde de la envoltura de la Tierra.

La aguja de mi barógrafo marcaba cuarenta y un mil trescientos pies, cuando me di cuenta de que ya no podía seguir subiendo. Físicamente, el esfuerzo no era todavía tan grande que me resultase insoportable; pero mi aparato sí que había llegado a su límite. El aire rarificado no presentaba seguro apoyo a las alas, y el menor movimiento se convertía en un deslizamiento lateral; también sus controles respondían como con pereza. Quizá si el motor hubiese funcionado de una manera perfecta, habríamos podido subir otro millar de pies, pero seguía teniendo fallos, y dos de los diez cilindros parecían estar inutilizados. Si yo no había alcanzado aún la zona del espacio que venía buscando, era evidente que ya no tropezaría con ella en este viaje. ¿Y no sería posible que la hubiese alcanzado ya? Cerniéndome en círculo, lo mismo que un colosal halcón, al nivel de los cuarenta mil pies, dejé que el monoplano marchase libre, y me dediqué a observar con cuidado los alrededores con mis prismáticos Mannheim. El firmamento estaba absolutamente limpio sin indicio alguno de los peligros que yo había supuesto.

He dicho que me cernía trazando círculos. Se me ocurrió de pronto que haría bien en dar una mayor amplitud a esos círculos, trazando una nueva ruta aérea. El cazador que penetra en una selva terrestre, la atraviesa cuando busca levantar caza. Mis razonamientos me llevaron a pensar que la selva aérea cuya existencia yo había supuesto tenía que caer más o menos por encima del Wiltshire. En ese caso, debía de estar hacia el Sur y el Oeste de donde yo me encontraba. Me orienté por el sol, puesto que la brújula de nada me servía, y tampoco era visible punto alguno de la Tierra. Únicamente se distinguía la lejana llanura plateada de nubes. Sin embargo, obtuve mi dirección hacia el punto señalado. Calculé que mi provisión de gasolina no duraría sino otra hora más o menos; pero podía permitirme gastarla hasta la última gota, ya que me era posible en cualquier momento lanzarme en un planeo ininterrumpido y magnífico que me condujese hasta la superficie de la Tierra.

De pronto tuve la sensación de algo nuevo para mí. La atmósfera que tenía delante había perdido su transparencia cristalina. Estaba cubierta de manojitos alargados y desflecados de una cosa que yo podría comparar únicamente con las volutas finísimas del humo de cigarrillos. Flotaba formando roscas y guirnaldas, y se retorcía y giraba lentamente a la luz del sol. Cuando el monoplano los atravesó como una flecha, percibí en mis labios un regusto débil de aceite, y en las partes de madera del aparato apareció una espuma grasienta. Se habría dicho que una materia orgánica infinitamente tenue flotaba en la atmósfera. Orgánica, pero sin vida, como algo difuso y en iniciación, que se extendía por muchos acres cuadrados y que se iba desflecando hasta penetrar en el vacío. No; aquello no tenía vida. ¿Y no podrían ser unos restos de vida? Y, sobre todo, ¿no podría ser el alimento de una vida, de una vida monstruosa, de la misma manera que la pobre grasa del océano sirve de alimento a la enorme ballena? Eso iba pensando cuando alcé los ojos y distinguí la más asombrosa visión que se ofreció nunca a los ojos de un hombre. ¿Podré describírsela al lector tal como yo mismo la vi el jueves pasado?

Imagínese el lector una medusa de mar como las que cruzan por nuestros mares en verano, en forma de campana y de un tamaño enorme; mucho más voluminosa, por lo que a mí me pareció, que la cúpula de la iglesia de San Pablo. Su color era ligeramente sonrosado con venas de un fino color verde; pero el conjunto de aquella colosal construcción era tan tenue que apenas se vislumbraba su silueta sobre el fondo azul oscuro del firmamento.

Un ritmo suave y regular marcaba sus pulsaciones. De ese cuerpo enorme colgaban dos tentáculos verdes y fláccidos que se balanceaban con lentitud hacia atrás y hacia adelante. Esa visión magnífica cruzó suavemente, con silenciosa majestad, por encima de mi cabeza; era tan ingrávida y frágil como una pompa de jabón, y se deslizó majestuosa por su ruta.

Yo había impreso un medio viraje a mi monoplano, a fin de poder seguir contemplando aquel ser grandioso; de pronto, y de una manera instantánea, me encontré en medio de una verdadera escuadra de otros iguales, de todos los tamaños, aunque ninguno de la magnitud del primero. Algunos eran pequeñísimos, pero la mayoría tenía más o menos el volumen de un globo corriente, con idéntica curvatura en la parte superior. Se observaba en ellos una finura de grano y de color que me trajo a la memoria los espejos venecianos de mejor calidad. Los matices predominantes eran el rosa y el verde, pero todos mostraban encantadoras iridiscencias allí donde el sol brillaba a través de sus formas delicadas. Cruzaron, dejándome atrás, algunos centenares de esos seres, formando una escuadra fantástica y maravillosa de bajeles sorprendentes y desconocidos del océano del firmamento. Eran unas criaturas cuyas formas y sustancia se hallaban tan a tono con aquellas alturas serenas que no podía concebirse cosa tan delicada dentro del radio visual y de sonido de nuestra tierra.

Pero un nuevo fenómeno atrajo casi en seguida mi atención: el de las serpientes de las regiones exteriores de la atmósfera. Eran éstas unas espirales largas, delgadas y fantásticas de una materia vaporosa, que giraban y se enroscaban con gran rapidez, volando y retorciéndose sobre sí mismas con tal velocidad que apenas mis ojos podían seguirlas. Algunos de esos seres fantasmales tenían veinte o treinta pies de largura, y era difícil calcular su grosor, porque sus diluidos perfiles parecían esfumarse en la atmósfera que las circundaba. Esas serpientes aéreas eran de un color gris muy claro, del color del humo, advirtiéndose en su interior algunas líneas más oscuras, que producían la impresión de un auténtico organismo. Una de esas serpientes pasó rozándome casi la cara. Tuve la sensación de un contacto frío y viscoso; pero la composición era tan impalpable, que no me sugirió la idea de ninguna clase de peligro físico, como tampoco me lo sugirieron los bellos seres acompañados que los habían precedido. Su contextura no ofrecía solidez mayor que la espuma flotante que deja una ola al romperse.

Pero me esperaba otra experiencia más terrible. Dejándose caer ingrávida desde una gran altura, vino hacia mí una mancha vaporosa y purpúrea. Cuando la vi por vez primera, me pareció pequeña; pero se fue agrandando rápidamente a medida que se me aproximaba, hasta llegar a ser de centenares de pies cuadrados de volumen. Aunque moldeada en alguna sustancia transparente y como gelatinosa, tenía contornos mucho más marcados y una consistencia más sólida que todo lo que había visto anteriormente. Se advertían también más detalles de que poseía una organización física; destacaban de una manera especial dos láminas circulares, enormes y sombreadas, a uno y otro lado, que podían ser sus ojos, y entre las dos láminas un saliente blanco perfectamente sólido, que presentaba la curvatura y la crueldad del pico de un buitre.

El aspecto total de aquel monstruo era terrible y amenazador; cambiaba constantemente de colores, pasando desde un malva muy claro hasta un púrpura sombrío e irritado, tan espeso, que, al interponerse entre mi monoplano y el sol, proyectó una sombra. En la curva superior de su cuerpo inmenso se distinguían tres grandes salientes que sólo se me ocurre comparar con enormes burbujas, y al contemplarlas quedé convencido de que estaban repletas de algún gas extraordinariamente ligero, con el fin de sostener la masa informe y semisólida que flota en el aire rarificado. Aquel ser avanzó rápido, manteniéndose paralelo al monoplano y siguiendo fácilmente su misma velocidad: me dio escolta horrible en un trecho de más de veinte millas, cerniéndose sobre mí como ave de presa que espera el instante de lanzarse sobre su víctima. Su

sistema de avance –tan rápido que no era fácil seguir-
lo– consistía en proyectar delante de él un saliente
largo y gelatinoso que, a su vez, parecía tirar hacia sí
el resto de aquel cuerpo contorsionante. Era tan elásti-
co y gelatinoso, que no ofrecía en dos momentos sucesivos idéntica conformación, y, sin embargo, a cada
nuevo cambio parecía más amenazador y repugnante.

Me di cuenta de que traía malas intenciones. Lo
pregonaba con los sucesivos aflujos purpúreos de su
repugnante cuerpo. Aquellos ojos difusos y salientes,
vueltos siempre hacia mí, eran fríos e implacables dentro de su glutinosidad rencorosa. Lancé mi monoplano
en picada hacia abajo para huir de aquello. Al hacer
yo esa maniobra, con la rapidez de un relámpago se
disparó desde aquella masa de burbuja flotante un
largo tentáculo y cayó tan rápido y sinuoso como un
trallazo sobre la parte delantera de mi aparato. Al apo-
yarse por un instante sobre el motor caldeado, se oyó
un ruidoso silbido, y el tentáculo se retiró con la misma rapidez, mientras que el cuerpo enorme y sin relieve se encogió como acometido de un dolor súbito. Yo
me dejé caer en picada; pero el tentáculo volvió a
descargarse sobre mi monoplano, y la hélice lo cortó
con la misma facilidad que habría cortado una voluta
de humo. Una espiral larga, reptante, pegajosa, parecida al anillo de una serpiente, me agarró por detrás,
rodeó mi cintura y comenzó a arrastrarme fuera del
fuselaje. Yo pugné por libertarme; mis dedos se hun-
dieron en la superficie viscosa, gelatinosa, y logré des-
embarazarme por un instante de aquella presión; sólo
por un instante, porque otro anillo me aferró por una
de mis botas y me dio tal tirón, que casi me hizo caer
de espaldas.

En ese momento disparé los dos cañones de mi
escopeta, aunque era lo mismo que atacar a un elefante con un tirador, pues no se podía suponer que nin-

gún arma humana dejara lisiado a aquel volumen gigantesco. Sin embargo, mi puntería fue mejor de lo que yo podía imaginar; una de las grandes ampollas o burbujas que aquel ser tenía en lo alto de la espalda estalló con una tremenda explosión al ser perforada por las postas de mi escopeta. Había acertado en mi suposición: aquellas vejigas enormes y transparentes encerraban un gas que las distendía con su fuerza elevadora; el cuerpo enorme y de aspecto de nube cayó instantáneamente de costado, en medio de retorcimientos desesperados para volver a encontrar el equilibrio, y mientras tanto el pico blanco castañeteaba y jadeaba, presa de una furia espantosa.

Pero yo había huido, lanzándome por el plano más escarpado que me atreví a buscar; mi motor a toda marcha y la hélice en plena propulsión, unidos a la fuerza de gravedad, me lanzaron hacia la tierra lo mismo que un aerolito. Al volver la vista, vi que la mancha informe y purpúrea se empequeñecía rápidamente hasta fundirse en el azul del firmamento que tenía detrás. Yo me encontraba fuera de la selva mortal de la región exterior de la atmósfera.

Cuando me vi fuera de peligro, cerré la válvula del combustible del motor, porque no hay nada que destroce tan rápidamente a un avión como el lanzarse con toda la potencia del motor en marcha desde gran altura. Fue el mío un vuelo planeado magnífico, en espiral, desde casi ocho millas de altura primero, hasta el nivel del banco de nubes de plata; después, hasta la nube tormentosa del estrato inferior, y, por último, atravesando los goterones de lluvia, hasta la superficie de la tierra. Al salir de las nubes, distinguí por debajo de mí el canal de Bristol; pero como aún me quedaba en el depósito algo de gasolina, me metí veinte millas tierra adentro antes de aterrizar en un campo que quedaba a media milla de la aldea de Ashcombe. Un automóvil que pasaba por allí me cedió tres latas de gasolina, y a las seis y diez minutos de aquella tarde logré posarme suavemente en un prado de mi propia casa, en Devizes, después de una excursión que ningún ser humano ha realizado jamás, quedando con vida para contarlo. He visto la belleza y he visto también el espanto de las alturas; una belleza mayor y un espanto mayor que ésos no están al alcance del hombre.

Pues bien: tengo el proyecto de volver a esas alturas antes de anunciar al mundo lo que he descubierto. Me mueve a ello el que necesito poder mostrar algo tangible, a manera de prueba, antes de dar a conocer a los hombres lo que llevo relatado. Es cierto que no tardarán otros en seguir mi camino y traerán la confirmación de lo que yo he afirmado; pero quisiera convencer a todos desde el primer momento. No creo que resulte difícil la captura de aquellas burbujas iridiscentes y encantadoras del aire. Se dejan arrastrar tan lentamente en su carrera, que un monoplano rápido no tendría dificultad alguna en cortarles el paso. Es muy probable que se disolverían en las capas más densas de la atmósfera, en cuyo caso todo lo que yo podría traerme a la tierra sería un montoncito de jalea amorfa. Sin embargo, no dejaría de ser algo que proporcionaría consistencia a mi relato. Sí, volveré a subir, aunque con ello corra un peligro. No parece que esos espantables seres purpúreos abunden. Es probable que no tropiece con ninguno; pero si tropiezo, me zambulliré en el acto hacia la tierra. En el peor de los casos, dispongo siempre de mi escopeta y sé que debo apuntar...”

Aquí falta, por desgracia, una página del manuscrito. En la siguiente, con letras grandes e inseguras, aparecen estas líneas:

“Cuarenta y tres mil pies. No volveré ya a ver de nuevo la tierra. Por debajo de mí hay tres de esos seres. ¡Que Dios me valga, porque será morir de muerte espantosa!"

Tal es, al pie de la letra, el relato de Joyce-Armstrong. De su autor nada ha vuelto a saberse. En el coto de míster Budd-Lushington, en los límites de Kent y de Sussex, a pocas millas del lugar en que fue encontrado el cuaderno, han sido recogidas algunas piezas de su monoplano destrozado. Si la hipótesis del desdichado aviador sobre la existencia de lo que él llama la selva aérea en un espacio limitado de las regiones atmosféricas que quedan encima del Sudoeste de Inglaterra resulta exacta, se deduciría de ello que Joyce-Armstrong lanzó su monoplano a toda velocidad para salir de la misma, pero que fue alcanzado y devorado por aquellos seres espantosos en algún lugar por debajo de la atmósfera exterior y por encima del sitio en el que fueron encontrados esos restos dolorosos. Una persona que apreciase su equilibrio cerebral preferiría no hacer hincapié en el cuadro de aquel monoplano resbalando a toda velocidad cielo abajo, perseguido por los seres espantosos e innominados que se deslizaban con igual rapidez por debajo de él, cortándole siempre el camino de la tierra y estrechando el cerco de su víctima gradualmente. Sé muy bien que son muchos los que todavía toman a chacota los hechos que acabo de relatar; pero incluso quienes se mofan tendrán que reconocer por fuerza que Joyce-Armstrong ha desaparecido, y yo les recomendaría que hiciesen caso de las palabras que él escribió: "Este cuaderno puede servir de explicación de lo que estoy intentando y de cómo perdí mi vida en el intento. Pero, por favor, que se dejen de chácharas y no hablen de accidentes y de misterios".

EL EMBUDO DE CUERO

M i amigo Lionel Dacre tenía su residencia en la Avenida de Wagram, en París, en la casita de la verja de hierro y un pequeño prado delante de la fachada, a mano izquierda conforme se va desde el Arco del Triunfo. Yo supongo que la tal casita es anterior a la apertura de la avenida, y lo deduzco a partir de las manchas de líquenes de sus tejas grises y de los muros comidos de la carcoma y descoloridos por los años. Vista desde la calle, la casa producía una impresión de pequeñez. Si mal no recuerdo, tenía cinco ventanas en la fachada, aunque en la parte trasera del edificio éste se estrechaba hasta quedar reducido a una habitación única de mucha largura. En esa habitación era donde Dacre tenía su extraordinaria biblioteca de ocultismo, y en la que iba atesorando fantásticas rarezas con las que satisfacía su pasión de aficionado y con las que se divertían sus amigos. Hombre rico, de gustos refinados y excéntricos, había invertido gran parte de su vida y de su fortuna en reunir una colección particular, calificada de única en su género, de obras talmúdicas, cabalísticas y de magia, entre las que había muchas que eran rarísimas y de mucho valor. Sus aficiones lo conducían hacia lo maravilloso y lo monstruoso, y, según yo he oído decir, sus experimentos en el campo de lo inexplorado y misterioso habían ultrapasado los límites de lo civilizado y de lo decente. Nunca hacía alusión a esos experimentos cuando hablaba con sus amigos ingleses, adoptando en tales casos una postura de investigador y de gran especialista; sin embargo, cierto caballero francés de gustos parecidos a los de Dacre, me aseguró que dentro de aquel amplio y elevado salón se habían perpetrado los peores excesos de la misa negra, entre los estantes de libros alineados a lo largo de las paredes y las vitrinas que encerraban rarezas como en un museo.

El aspecto de Dacre bastaba para producir la impresión de que su extraordinario interés por esta clase de problemas psíquicos era más bien de tipo intelectual que espiritualista. En aquella cara voluminosa no se advertía rastro alguno de tendencias ascéticas; pero sí mucha energía mental en su cráneo enorme y de forma de cúpula curvado hacia arriba desde las sienes en las que raleaban los cabellos elevándose lo mismo que una cumbre nevada por encima de su orla de abetos. Sus conocimientos eran mayores que su prudencia, y su capacidad, muy superior a su carácter. Los ojillos brillantes, muy hundidos en su cara carnosa, centelleaban de inteligencia y de incansable curiosidad por la vida; pero eran ojos de hombre sensual y egoísta. Y basta de hablar de él, porque ya murió el pobre; murió en el instante mismo en que había adquirido la seguridad de tener en sus manos el elixir de la vida. No voy a tratar aquí de ese complejo personaje, sino de un incidente por demás extraño e inexplicable que se produjo en ocasión de una visita que le hice a principios de la primavera del año 1882.

Yo había trabado conocimiento con Dacre en Inglaterra, porque las investigaciones realizadas por mí en el salón asirio del Museo Británico tuvieron lugar simultáneamente con las que él llevaba a cabo para tratar de descubrir en las lápidas de Babilonia un sentido místico y esotérico. Esta coincidencia de intereses fue la que nos unió. Algunos comentarios casuales acabaron convirtiéndose en diálogo de todos los días, y eso nos condujo hasta el borde de la amistad. Le prometí que iría a hacerle una visita en mi próximo viaje a París. En la época en que me fue posible cumplir esa promesa, residía yo en una casita de Fontainebleau, y como la combinación de trenes de la noche resultaba incómoda, me invitó a dormir en su casa.

–No tengo disponible sino este sofá-cama –me dijo, señalándome con el dedo uno muy amplio que había en su espaciosa biblioteca–. Espero que duerma con toda comodidad.

Como dormitorio era aquél por demás extraordinario: las altas paredes estaban cubiertas de volúmenes de color marrón; pero para quien era como yo, un ratón de biblioteca, no se podía imaginar decoración más agradable, porque no hay para mi olfato aroma más grato que el olorcillo rancio y sutil que despide un libro antiguo. Le di la seguridad de que no podía ofrecerme habitación más encantadora ni un ambiente más del gusto mío. Él, entonces, mirando a los estantes de libros que había por toda la habitación, me dijo:

–Si estos decorados se salen de lo corriente y de lo apropiado, son por lo menos de mucho precio. He invertido cerca de un cuarto de millón en todos estos objetos que ve usted a su alrededor: libros, armas, joyas, tallas, tapices, imágenes, y difícilmente encontrará usted aquí ninguna cosa que no tenga su historia, una historia digna por lo general de contarse.

Al decirme eso, se encontraba sentado a un lado de la espaciosa chimenea, y yo enfrente suyo. A la derecha de Dacre quedaba su mesa de lectura, y la potente lámpara que había encima de la misma proyectaba sobre su parte superior un círculo vivísimo de dorada luz. En el centro de la mesa había un palimpsesto a medio enrollar, y a su alrededor, un verdadero cambalache de objetos sumamente raros. Uno de esos objetos era un enorme embudo, del tamaño de los que se emplean para llenar las barricas de vino. Daba la impresión de estar fabricado de madera negra y con los bordes revestidos de latón descolorido. Yo comenté:

–He ahí un objeto curioso. ¿Qué historia tiene?

–¡Ah! –me contestó–. Eso es precisamente lo que yo me he preguntado a veces. Pagaría bien a quien me la contara. Coja el embudo y examínelo.

Así lo hice, descubriendo que lo que yo suponía madera no era tal, sino cuero, aunque los años lo habían resecado dándole extraordinaria dureza. Era un embudo voluminoso, que podría contener más de dos litros estando lleno. El reborde de latón recubría toda la extremidad ancha, pero también la parte estrecha tenía el borde metálico.

–¿Qué le dice a usted eso? –preguntó Dacre.

–Yo diría que perteneció a algún vinatero o fabricante de cerveza de la Edad Media –le contesté–. He tenido ocasión de ver en Inglaterra jarros de cuero que databan del siglo XVII y que presentaban idéntico color y dureza que este embudo.

–Pues, sí. Me atrevo a decir que esta pieza debe ser, más o menos, de esa misma época –dijo Dacre–. Tampoco cabe duda de que sirvió para llenar de líquido algún recipiente. Sin embargo, si mis sospechas son exactas, lo empleó un extraño vinatero, y el recipiente que con él se llenó era de clase muy especial. ¿No advierte usted nada raro en el extremo más estrecho del embudo?

Lo puse a la luz y descubrí que la parte estrecha del embudo estaba marcada de abolladuras y arañazos a unas cinco pulgadas por encima del borde metálico, como si alguien hubiese tratado de hacer muescas en todo su alrededor con un cuchillo desafilado. Fuera de ese lugar, no se advertía en toda la negra superficie mate ni una sola aspereza.

–Alguien trató de cortar el gollete.

–¿A eso lo llama usted un corte?

–Por lo menos parece lleno de rasguños y desgarraduras. Cualquiera que haya sido el instrumento empleado, se necesitó alguna fuerza para dejar esas señales en un material tan duro. Pero ¿qué opinión tiene acerca de ese detalle? Yo diría que sabe usted más de lo que dice.

Dacre se sonrió y le relampaguearon los ojos de una manera expresiva. Luego me preguntó:

–¿Figura acaso entre sus temas de estudio el de la psicología de los sueños?

–Ignoraba hasta este momento que existiese tal psicología.

–Amigo mío, ese estante de libros encima de la vitrina de joyas, está ocupado por obras que se inician con las de Alberto Magno, y tratan exclusivamente ese tema, que constituye por sí mismo una ciencia.

–Una ciencia de charlatanes.

–El charlatán es siempre el que explora. Del astrólogo salió el astrónomo, del alquimista el químico, y del mesmerismo* la psicología experimental. El charlatán de ayer será el profesor de mañana. Andando el tiempo, hasta una materia tan sutil y resbaladiza como la de los sueños será sistematizada y puesta en orden. Cuando ese tiempo llegue, las búsquedas de esos amigos nuestros que hay en el estante de libros que le

---

* Mesmerismo: doctrina del magnetismo animal expuesta en la segunda mitad del siglo XVIII por el médico alemán Mesmer.

indico, no serán ya ocurrencias de místicos, sino las bases de una ciencia.

–Bien; aun dando eso por admitido, ¿qué tiene que ver la ciencia de los sueños con un embudo voluminoso, negro y con los bordes revestidos de latón?

–Se lo voy a decir. Ya sabe usted que un agente mío anda siempre a la búsqueda de objetos raros y curiosos con destino a mi colección. Hace algunos días se enteró ese agente de que un vendedor de trastos viejos de los muelles del Sena había comprado algunas antiguallas sin valor que se encontraron en un armario de una casa antigua que hay en la parte trasera de la rue Mathurin, del Barrio Latino. El comedor de esta casa antigua está decorado con un escudo de armas, chevrones y listas rojas sobre campo de plata; se hicieron investigaciones, y resultó que ese escudo era el de Nicolás de la Reynie, alto funcionario de Luis XIV. No cabe duda de que los demás artículos descubiertos en el armario datan de los primeros tiempos de ese reinado. De ahí se deduce que todos ellos pertenecieron a ese Nicolás de la Reynie, y este caballero, según tengo entendido, tenía a su cargo el mantenimiento y la ejecución de las draconianas leyes que regían en aquella época.

–¿Y qué se saca de ahí?

–Hágame el favor de coger en sus manos el embudo otra vez y de examinar el cerquillo de latón. ¿Distingue usted en él alguna letra?

El cerquillo mostraba, desde luego, algunos arañazos casi borrados por los años. La sensación general que producía era la de contener grabadas varias letras, la última de las cuales tenía cierto parecido con una B.

–Es una B, ¿no es así?

–Así me lo parece, en efecto.

–Y también a mí. A decir verdad, no tengo duda alguna de que es una B.

—Sin embargo, la inicial de ese aristócrata del que habló era una R.

—¡Justamente! Ahí está lo espléndido del caso. Poseía este objeto curioso y, sin embargo, había hecho grabar en él las iniciales de otra persona. ¿Por qué lo hizo?

—No tengo la más remota idea. ¿Y usted?

—Pues bien: quizá tenga yo una sospecha. ¿No ve usted algún dibujo un poco más allá, en el mismo cerquillo?

—Yo diría que es el dibujo de una corona.

—Lo es, sin duda; pero si usted lo examina con buena luz, caerá en la cuenta de que no se trata de una corona cualquiera. Es una corona heráldica, un distintivo de categoría, y consiste en un dibujo en el que se alternan cuatro perlas y cuatro hojas de fresal, es decir, el distintivo que corresponde a un marqués. Podemos, pues, inferir de ahí que la persona cuyas iniciales terminan en una B tenía derecho a usar esa corona de nobleza.

—Según eso, este vulgar embudo de cuero pertenecía a un marqués.

Dacre se sonrió intencionadamente y dijo:

—O a alguno de los miembros de la familia de un marqués. He ahí todo lo que hemos podido sacar en limpio de ese cerquillo grabado.

—¿Y qué tiene que ver todo eso con los sueños?

No sé si fue que distinguí en la cara de Dacre una expresión determinada, o que advertí en sus maneras alguna sugerencia sutil; pero el hecho es que, mientras contemplaba aquella antigualla de cuero nudoso, sentí que me invadía una sensación de repugnancia, de horror espontáneo.

—Yo he recibido por medio de mis sueños, en más de una ocasión, datos de suma importancia —dijo mi interlocutor con la solemnidad de maestro que gustaba de adoptar–. En la actualidad, y siempre que me encuentro lleno de dudas sobre un punto concreto relacionado con un objeto, he adoptado como norma el colocarlo cerca mío mientras duermo, con la esperanza de conseguir algún esclarecimiento. A mí, ese proceso no me parece muy oscuro, aunque la ciencia ortodoxa no le haya otorgado todavía su bendición. De acuerdo con mi teoría, cualquier objeto que se haya encontrado en íntima relación con un paroxismo supremo de alguna emoción humana, sea ésta de alegría o de dolor, retiene cierta atmósfera o ligazón capaz de comunicarse a una inteligencia de suficiente sensibilidad. No quiero decir con esto que tiene que tratarse de una sensibilidad anormal, sino de una inteligencia tal como la que poseemos usted y yo, adiestrada y educada.

–Concretando, por ejemplo: Si yo duermo junto a esa vieja espada que tiene allí en la pared, yo soñaría, según usted, con algún incidente sangriento en el que intervino esa misma espada, ¿no es así?

–Ha puesto usted un ejemplo excelente. A decir verdad, yo me serví precisamente de esa espada con ese mismo objeto, y vi en sueños la muerte de su propietario. Éste sucumbió en una animada escaramuza que no he logrado identificar, pero que tuvo lugar en la época de las guerras de la Fronda. Si usted se pone a pensar en el tema, algunos de nuestros ritos populares nos demuestran que ese fenómeno era ya conocido por nuestros antepasados, aunque nosotros, gente de mayor sabiduría, lo tengamos clasificado entre las supersticiones.

–Cíteme un ejemplo.

–Ahí tenemos, sin ir más lejos, la costumbre de colocar el pastel de la novia debajo de la almohada para que tenga en ella sueños agradables. Ése es uno de los varios ejemplos que yo expongo en un pequeño folleto que estoy escribiendo sobre esta materia.

Pero volviendo al punto de partida, le diré que una noche dormí teniendo a mi lado ese embudo y que tuve un sueño que arroja, sin duda, una luz extraña acerca de su empleo y de su origen.

—¿Qué es lo que soñó usted?

—Soñé...

Cortó la frase, y apareció en su cara maciza una expresión de vivo interés. Luego me dijo:

—Vive Dios, que es una buena idea. Será un experimento de extraordinario interés. Usted es un sujeto psíquico, dotado de nervios que responden rápidamente a cualquier impresión.

—Nunca me puse a prueba en ese terreno.

—Pues lo pondremos esta noche. ¿Sería mucho que yo le pidiese como gran favor que duerma usted en ese sofá-cama, colocando al acostarse junto a su almohada este viejo embudo?

La petición me pareció grotesca; pero es el caso que yo soy hombre de naturaleza complicada y rabio por todo lo que resulta raro y fantástico. No creía ni remotamente en la teoría de Dacre ni abrigaba esperanza alguna de éxito en aquel experimento; sin embargo, me agradó la perspectiva de realizarlo. Dacre acercó con mucha seriedad un pequeño mostrador a la cabecera de la que iba a ser mi cama y colocó encima el embudo. Luego, después de un corto diálogo, me dio las buenas noches y se retiró.

Permanecí algún tiempo fumando junto a la chimenea, mientras el fuego se convertía en cenizas, y di vueltas en mi cabeza al curioso incidente ocurrido y al extraño experimento que quizá me esperaba. Aunque yo era escéptico, no dejó de impresionarme algo la absoluta seguridad con que Dacre se había expresado. También lo extraordinario del ambiente, la enorme sala en la que estaban reunidos aquellos objetos extraños, muchos de ellos siniestros, me embargaron con cierta sensación de solemnidad. Finalmente me desvestí, apagué la luz y me acosté. Después de mucho revolverme en la cama, me dormí. Voy a tratar de describir con toda la minuciosidad que me sea posible la escena que se me representó en sueños. Se me ha quedado grabada en la memoria con mucha mayor nitidez que todas las escenas vistas con mis propios ojos de hombre despierto.

Vi una habitación que tenía el aspecto de estar abovedada. Desde los cuatro ángulos del techo arrancaban otras tantas, enjutas, que se reunían en el centro con forma de copa. La arquitectura era tosca, pero muy sólida, constituía evidentemente parte de un gran edificio.

Sobre una plataforma alfombrada de rojo había tres hombres sentados. Los tres vestidos de negro, con sombreros también negros, de terciopelo, que tenían una forma rara y recargada en la parte superior. Sus rostros eran muy solemnes y fúnebres. A mano izquierda estaban de pie dos hombres de largos hábitos, que tenían en sus manos unas carpetas al parecer atiborradas de documentos.

A la derecha, mirando hacia mí, había una mujercita de cabellos rubios y de ojos bellísimos de un azul claro. Eran unos ojos de niña. La mujer pasaba ya de su primera juventud, sin que pudiera decirse que hubiese entrado en la edad mediana. Su cuerpo era un tanto grueso, y su porte altivo y firme. El rostro, pálido, pero sereno. Era un rostro extraño, agraciado, aunque felino, y emanaba de él una sutil sensación de crueldad producida por su boca, pequeña, firme y recta, y por su mandíbula, algo voluminosa. Vestía una túnica de pliegues, floja y de color blanco. Tenía de pie, a su lado, a un sacerdote de cuerpo enjuto y expresión anhelante, que le cuchicheaba algo al oído y levantaba a cada momento un crucifijo delante de los ojos de la mujer. Ésta volvió la cabeza y miró, por encima del crucifijo, a los tres hombres vestidos de negro, que me dieron la impresión de que eran sus jueces.

Estaba yo viendo aquello, cuando los tres hombres se pusieron de pie y dijeron algo. No pude captar sus palabras, aunque me fijé en que era el del centro quien hablaba. Acto continuo, se retiraron de la habitación, seguidos por los dos hombres que llevaban los documentos. En el mismo instante entraron con mucho brío varios hombres de aspecto rudo, vestidos con gruesos justillos, y retiraron primero la alfombra roja y después las tablas que formaban la tarima, dejando completamente despejada la habitación. Al desaparecer aquella especie de mampara, vi que detrás de ella había algunos objetos por demás extraños. Uno de ellos parecía una cama, pero tenía en ambas extremidades cilindros de madera, con una manilla de torno para graduar la largura de la misma. Otro objeto era un potro de madera. Vi varias otras cosas no menos curiosas y algunas cuerdas que colgaban después de pasar por distintas poleas accionadas por ellas. Tenía cierto parecido con un moderno salón de gimnasia.

Una vez despejada la habitación, apareció en escena un nuevo personaje: alto, delgado, vestido de negro, de cara enjuta y severa. El aspecto de aquel hombre me espeluznó. Sus ropas brillaban de grasa y estaban salpicadas de manchas. Se conducía con lenta e impresionante solemnidad, como si desde el momento de entrar hubiese tomado posesión de todo aquello. A pesar de su aspecto rudo y de su sórdida vestimenta, tenía que actuar allí; la habitación le pertenecía; era él quien mandaba. Enrolladas a su antebrazo izquierdo llevaba varias cuerdas delgadas. La dama lo miró de arriba abajo de manera escrutadora, pero sin cambiar la expresión de su rostro.

Esa expresión era de firmeza, casi de desafío. En cambio, la del sacerdote se había transformado muchísimo. La expresión de su rostro era de una palidez mortal, y distinguí en su frente, ancha e inclinada, el brillo de las gotas de sudor que se deslizaban. Alzó los brazos en actitud de súplica y se inclinó una y otra vez para murmurar frases frenéticas al oído de la dama.

De pronto, el hombre vestido de negro se adelantó, desenrolló una de las cuerdas de su antebrazo izquierdo y ató a la mujer por las muñecas. Ésta alargó sus manos mansamente hacia el hombre, mientras él realizaba su tarea. Hecho esto, agarró con aspereza el brazo de la mujer y la condujo hasta el potro de madera, que le llegaba un poco más arriba de la cintura. La alzó en vilo y la tendió de espaldas encima del potro, con la cara mirando al techo. El sacerdote, trémulo de espanto, se había precipitado fuera de la habitación. Los labios de la mujer se movían rápidos, y aunque yo nada podía oír, comprendí que rezaba. Le colgaban los pies a uno y otro lado del potro, y los rudos lacayos que ayudaban al hombre negro en sus tareas, ataron cuerdas alrededor de sus tobillos y fijaron su otra extremidad a unos anillos de hierro que había en el piso de piedra.

Sentí que me daba un vuelco el corazón a la vista de aquellos ominosos preparativos: pero no pude apartar los ojos del extraordinario espectáculo, porque lo espantoso de la escena me tenía fascinado. Entró un hombre cargado con un cubo de agua en cada mano. Siguió a ése otro más, con un tercer cubo. Los colocaron junto al potro de madera.

Este segundo hombre que había entrado traía en la otra mano un cazo de madera con un mango recto. Se lo entregó al hombre vestido de negro. En ese mismo instante se acercó uno de los lacayos con un objeto negro en la mano. Ese objeto me produjo, incluso en sueños, una confusa sensación de cosa conocida. Era un embudo de cuero. Con un impulso tremendo y horrible lo metió en... No pude aguantar más. Se me erizaron de horror los cabellos. Me retorcí, forcejeé, rompí las ataduras del sueño, me precipité con un alarido dentro de mi propia vida y me vi castañeteando de espanto, tendido en el sofá-cama, en el interior de la colosal biblioteca, mientras el claro de la luna irrumpía por la ventana, proyectando extrañas figuras geométricas en negro y en plata sobre la pared del fondo. ¡Qué sensación tan bendita de alivio experimenté al encontrarme de regreso en mi siglo XIX, volviendo desde aquella bóveda medieval hasta un mundo en el que los hombres tienen dentro de su pecho corazones humanos! Me senté en mi cama, tiritando y con el alma dividida entre el espanto y la gratitud. ¡Pensar que hubo tiempos en que se hacían esas cosas, en que podían hacerse sin que Dios fulminase con su rayo mortal a semejantes canallas! ¿Era todo aquello una simple fantasía, o respondía en realidad a hechos ocurridos en las épocas nefastas y crueles de la historia del mundo?

Hundí mi cabeza sollozante entre mis manos temblorosas. De pronto, de una manera súbita mi corazón pareció inmovilizarse dentro de mi pecho. Fue tan grande mi espanto, que ni siquiera pude gritar. Atravesando la oscuridad de la habitación, algo se iba acercando a mí.

Lo que deshace a un hombre es el espanto que se produce sobre otro espanto. No razoné, no me fue posible; tampoco pude rezar. Permanecí sentado como estatua de hielo, con la mirada fija en la negra silueta que venía hacia mí cruzando la enorme sala. De pronto, esa figura salió al blanco camino del claro de luna y volví a respirar. Era Dacre, y la expresión de su rostro denotaba que su terror era tan grande como el mío. Me preguntó con voz ronca:

–¿Fue usted? Por amor de Dios, ¿qué le ocurre?

–No sabe, Dacre, cuánto me alegro que de haya venido! Me hundí en un infierno. Fue algo espeluznante.

–¿Fue usted, pues, el que gritó?

–Debí de ser yo.

–Su grito resonó por toda la casa. La servidumbre está aterrada.

Encendió una cerilla y prendió la lámpara.

–Creo que podríamos encender otra vez el fuego de la chimenea –agregó, echando algunos leños encima de las ascuas–. ¡Válgame Dios, mi querido amigo, qué palidez la suya! Cualquiera diría que ha visto un espectro.

–Los he visto. He visto varios.

–Según eso, el embudo de cuero ha entrado en acción.

–Ni por todo el dinero que usted me ofreciese volvería yo a dormir cerca de ese artefacto infernal.

Dacre rió con ganas y dijo:

–Yo contaba con que usted tendría una noche movidita. Me lo ha pagado haciéndomela pasar a mí, porque el alarido que lanzó no ha sido cosa muy agradable a una hora cercana a las dos de la mañana. Por lo que acaba usted de decir, me imagino que ha visto en sueños toda la espantosa escena.

–¿Qué escena espantosa?

–El tormento del agua o, como se llamaba en los simpáticos días del Rey Sol, el interrogatorio extraordinario. ¿lo aguantó usted hasta el final?

–No, gracias a Dios. Me desperté antes de que empezase realmente.

–¡Vaya! De todo eso salió usted ganando. Yo resistí hasta el tercer cubo. Bueno; se trata de asunto viejo y como ya todos ellos están en sus tumbas, ¿qué importancia tiene el conocer los antecedentes que los llevaron hasta ese extremo? Me imagino que usted no tiene la más remota idea de qué escena fue la que vio en realidad.

–El tormento de alguna mujer criminal; pero si sus crímenes guardaban proporción con su castigo, debió ser, efectivamente, una terrible malhechora.

–Nos queda por lo menos ese pequeño consuelo –dijo Dacre, ciñéndose al cuerpo su batín y agazapándose más cerca del fuego–. Eran, en efecto, proporcionados a su castigo; es decir, si no estoy equivocado sobre la verdadera personalidad de aquella dama.

–¿Y cómo ha podido usted identificarla?

Por toda respuesta, Dacre echó mano a un volumen con tapas de viejo pergamino que había en un estante, y me dijo:

–Preste atención a este libro escrito en un francés del siglo diecisiete, del que le iré dando una versión aproximada conforme leo. Usted mismo podrá opinar sobre si he aclarado o no el acertijo: "La acusada fue conducida a presencia del alto tribunal del Parlamento, en funciones de Corte de Justicia. Se la acusó del asesinato de maese Dreux d'Aubray, padre suyo, y de sus dos hermanos, los señores D'Aubray, funcionario civil el uno, y consejero del Parlamento el otro. Al verla, resultaba difícil creer que hubiese cometido realmente hechos tan nefandos, porque su aspecto era bondadoso, su estatura pequeña y su cutis sonrosado, con ojos azules. Pero el alto tribunal la consideró culpable y la condenó al interrogatorio corriente y al extraordinario, para forzarla a dar los nombres de sus cómplices. Después de eso, sería conducida en una carreta a la plaza de Grève, donde le cortarían la cabeza, procediéndose luego a quemar su cuerpo y a esparcir sus cenizas a todos los vientos". La fecha en que se registró esta nota es del dieciséis de julio de mil seiscientos setenta y seis.

–Es interesante, pero no convincente –dije yo–. ¿Cómo demuestra usted que esas dos mujeres eran una misma persona?

–A eso voy. El relato pasa a dejar constancia de cómo se condujo la mujer al ser sometida al interrogatorio extraordinario. "Cuando se acercó el verdugo, ella lo reconoció por las cuerdas que él llevaba, y alargó sin vacilación sus propias manos, mirándole de la cabeza a los pies sin pronunciar palabra". ¿Qué tal concuerda esto?

–Concuerda del todo en efecto.

"La condenada contempló sin pestañear el potro de madera y los anillos que tantos miembros habían desencajado y tantos alaridos de angustia habían producido. Cuando sus ojos se posaron en los tres cubos de agua, que estaban ya preparados junto a ella, dijo con una sonrisa: 'Monsieur, seguramente, al traer toda esa agua lo ha hecho con la intención de ahogarme, porque supongo que no se imaginará que una persona de estatura tan pequeña como la mía sea capaz de engullirla totalmente'." ¿Quiere usted que lea los detalles del tormento?

–De ninguna manera, por amor de Dios; de ninguna manera.

–Aquí veo un párrafo que le demostrará con absoluta seguridad que se describe la mismísima escena que usted ha contemplado esta noche: "El bondadoso abate Pirot, incapaz de contemplar las torturas a que se veía sometida su penitente, había salido corriendo de la habitación". ¿Le convence a usted esto?

–Me convence por completo. No puede ponerse en tela de juicio que se trata del mismo acontecimiento. Pero ¿quién es, en ese caso, esa dama de aspecto tan atrayente y que acabó de manera tan horrible?

La respuesta de Dacre fue cruzar hasta donde yo estaba y colocar la lámpara pequeña encima de la mesa próxima a mi cama. Levantó el ominoso embudo y volvió el cerquillo de latón de manera que le diese la luz de lleno. Visto de ese modo lo grabado en él, apareció con mayor nitidez que la noche anterior y Dacre me dijo:

–Hemos quedado ya de acuerdo en que ésta es la divisa de un marqués o de una marquesa. También en lo referente a que la última letra es una B.

–Así es, sin duda alguna.

–Pues bien: yo apunto a la idea de que las demás letras, de izquierda a derecha, son las siguiente: M, M, d, A, una d, y a continuación la B final.

–En efecto, estoy seguro de que usted las ha interpretado correctamente. Distingo con toda claridad las dos letras minúsculas que dice.

–Esto que acabo de leerle –prosiguió Dacre– es la minuta oficial del proceso de Marie Madeleine d'Aubray, marquesa de Brinvilliers, una de las más célebres envenenadoras y asesinas de todos los tiempos.

Permanecí sentado y en silencio, bajo el peso abrumador de aquel incidente de índole tan extraordinaria y de la prueba decisiva con que Dacre había explicado lo que realmente significaba. Recordé de una manera confusa ciertos detalles de la vida de aquella mujer; su desenfrenado libertinaje, la sangre fría y la prolongada tortura a que sometió a su padre enfermo, y el asesinato de sus hermanos por móviles de mezquinas ventajas. Recordé también la entereza de su muerte, que contribuyó en algo a expiar los horrores de su vida, haciendo que todo París simpatizase con sus últimos momentos y la proclamara como a una mártir a los pocos días de haberla maldecido como asesina. Una objeción, y sólo una, surgía en mi cerebro:

–¿Cómo fue que las iniciales de su nombre y apellido fuesen inscritas junto con el distintivo de su rango en el embudo? O es que llevaban su respeto medieval a la nobleza hasta el punto de inscribir sus títulos en los instrumentos de tortura?

–Ese mismo problema me tuvo intrigado a mí; pero es susceptible de una explicación sencilla –dijo Dacre–. Ese caso despertó en su tiempo un interés extraordinario, y resulta muy natural que La Reynie, jefe de Policía, retuviese el embudo como recuerdo macabro. No era suceso frecuente el que una marquesa de Francia fuese sometida al interrogatorio extraordinario. Ahora bien, el grabar las iniciales de la mujer en el embudo para que sirviera de información a los demás, es, desde luego, un recurso de lo más corriente en un caso así.

–¿Y esto? –pregunté, apuntando con el dedo hacia las marcas que se veían en el gollete de cuero.

Dacre me contestó, retirándose de mi lado:

–Esa mujer era una tigresa, y me parece evidente que tendría dientes fuertes y afilados, como los tienen las tigresas de otra especie.

LA CATACUMBA NUEVA

—Escuche, Burger: yo quisiera que usted tuviera confianza en mí –dijo Kennedy.

Los dos célebres estudiosos que se especializaban en las ruinas romanas estaban sentados a solas en la confortable habitación de Kennedy, cuyas ventanas daban al Corso. La noche era fría, y ambos habían acercado sus sillones a la imperfecta estufa italiana que creaba a su alrededor una zona más bien de ahogo, que de tibieza. Del lado de fuera, bajo las brillantes estrellas de un cielo invernal, se extendía la Roma moderna, con su larga doble hilera de focos eléctricos, los cafés brillantemente iluminados, los coches que pasaban veloces y una apretada muchedumbre desfilando por las aceras. Pero dentro, en el interior de aquella habitación suntuosa del rico y joven arqueólogo inglés, no se veía otra cosa que la Roma antigua. Frisos rajados y gastados por el tiempo colgaban de las paredes, y desde los ángulos asomaban los antiguos bustos grises de senadores y guerreros con sus cabezas de luchadores y sus rostros duros y crueles. En la mesa central, entre un revoltijo de inscripciones, fragmentos y adornos, se alzaba la célebre maqueta en que Kennedy había reconstruido las Termas de Caracalla, obra que tanto interés y admiración despertó al ser expuesta en Berlín. Del techo colgaban ánforas y por la lujosa alfombra turca había desparramadas las más diversas rarezas. Y ni una sola de todas esas cosas carecía de la mayor inatacable autenticidad, aparte de su insuperable singularidad y valor; porque Kennedy, a pesar de que tenía poco más de treinta años, gozaba de celebridad europea en esta rama especial de investigaciones, sin contar con que disponía de esa abundancia de fondos que en ocasiones resulta un obstáculo fatal para las energías del estudioso, o que, cuando su inteligencia sigue con absoluta fidelidad el propósito que la guía, le proporciona ventajas enormes en la carrera hacia la fama. El capricho y el placer habían apartado frecuentemente a Kennedy de sus estudios; pero su inteligencia era agresiva y capaz de esfuerzos largos y concentrados, que terminaban en vivas reacciones de laxitud sensual. Su hermoso rostro de frente alta y blanca, su nariz agresiva y su boca algo blanda y sensual, constituían un índice justo de aquella transacción a que la energía y la debilidad habían llegado dentro de su persona.

Su acompañante, Julius Burger, era hombre de un tipo muy distinto. Llevaba en sus venas una mezcla curiosa de sangre: el padre era alemán, y la madre italiana y le trasmitieron las cualidades de solidez propias del norte, junto con un mayor atractivo y simpatía característicos del sur. Unos ojos azules teutónicos iluminaban su rostro moreno curtido por el sol y se elevaba por encima de ellos una frente cuadrada, maciza, con una orla de tupidos cabellos rubios que la enmarcaban. Su mandíbula de contorno fuerte y firme estaba completamente rasurada, dando con frecuencia ocasión a que su acompañante comentase lo mucho que hacía recordar a los antiguos bustos romanos que acechaban desde las sombras en los ángulos de su habitación. Bajo su dura energía de alemán se percibía siempre un asomo de sutileza italiana; pero su sonrisa era tan honrada, y su mirada tan franca, que todos comprendían que aquello era sólo un índice de su ascendencia, sin proyección real sobre su carácter. Por lo que se refiere a años y celebridad se encontraba a idéntico nivel que su compañero inglés, pero su vida y su tarea habían sido mucho más difíciles. Llegado doce años antes a Roma como estudiante pobre, vivió desde entonces de pequeñas becas que la Universidad de Bonn le otorgaba para sus estudios. Lenta, dolorosamente y con tenacidad porfiada y extraordinaria, guiado por una sola idea, había escalado peldaño a peldaño la escalera de la fama, llegando a ser miembro de la Academia de Berlín, y tenía, en la actualidad, toda clase de razones para esperar verse pronto elevado a la cátedra de la más importante de las universidades alemanas. Ahora bien; lo unilateral de sus actividades, si por un lado lo había elevado al mismo nivel que el rico y brillante investigador inglés, había hecho que quedase infinitamente por debajo de éste en todo lo que caía fuera del radio de su trabajo. Burger no dispuso nunca en sus estudios de un paréntesis que le permitiese cultivar el trato social. Únicamente cuando hablaba de temas que caían dentro de su especialidad, el rostro de Burger adquiría vida y expresión. En los demás momentos permanecía silencioso y molesto, con excesiva conciencia de sus propias limitaciones en otros temas más generales, y sentía impaciencia ante la cháchara sin importancia, que es un refugio convencional para todas aquellas personas que no tienen ninguna idea propia que expresar.

A pesar de todo eso, Kennedy y Burger mantuvieron trato por espacio de algunos años, y al parecer ese trato maduró poco a poco hasta convertirse en una amistad de los dos rivales, de personalidad tan diferente. La base y el arranque de esa situación residían en que tanto el uno como el otro eran, dentro de su especialidad, los únicos de la generación joven con saber y entusiasmo suficientes para valorarse mutuamente. Su interés y sus actividades comunes los habían puesto en contacto, y ambos habían sentido la mutua atracción de su propio saber. Este hecho se había ido luego completando con otros detalles. A Kennedy le divertían la franqueza y la sencillez de su rival, y Burger, en cambio, se había sentido fascinado por la brillantez y vivacidad que habían convertido a Kennedy en uno de los hombres más populares entre la alta sociedad romana. Digo que le habían convertido, porque, en ese preciso momento, el joven inglés estaba algo oscurecido por una nube. Un asunto amoroso, que nunca llegó a saberse con todos sus detalles, pareció descubrir en Kennedy una falta de corazón y una dureza de sentimiento que sorprendieron desagradablemente a muchos de sus amigos.

Ahora bien, dentro de los círculos de estudiosos y de artistas solterones, en los que el inglés prefería desplazarse, no existía, sobre estos asuntos, un código de honor muy severo, y aunque más de una cabeza se moviese con expresión de desagrado o más de unos hombros se encogiesen al referirse a la fuga de dos y al regreso de uno solo, el sentimiento general era probablemente de simple curiosidad y quizá de envidia, más bien que de censura.

–Escuche, Burger: yo querría que usted tuviese confianza en mí –dijo Kennedy, mirando con dura expresión el plácido semblante de su compañero.

Al decir estas palabras con un vaivén de su mano señaló hacia una alfombra extendida en el suelo. Encima de ella había una canastilla, larga y de poca profundidad, de las que se usan en la campaña para la fruta y que están hechas de mimbre ligero. Dentro de la canastilla se amontonaba un revoltijo de cosas: baldosines con rótulos, inscripciones rotas, mosaicos agrietados, papiros desgarrados, herrumbrosos adornos de metal, que para el profano producían la sensación de haber sido sacados de un cajón de basura, pero en los que un especialista habría reconocido rápidamente la condición de únicos en su clase. Aquel montón de objetos variados contenidos en la canastilla de mimbre, proporcionaba justo uno de los eslabones que faltaban en la cadena del desenvolvimiento social, y ya es sabido que los estudiosos sienten vivísimo interés por esa clase de eslabones perdidos. Quien los había traído era el alemán, y el inglés los contemplaba con ojos de hambriento. Mientras Burger encendía con lentitud un cigarro, Kennedy prosiguió:

—Yo no quiero inmiscuirme en este hallazgo suyo, pero sí que me agradaría oírle hablar sobre él. Se trata, evidentemente, de un descubrimiento de máxima importancia. Estas inscripciones producirán sensación por toda Europa.

—¡Por cada uno de los objetos que hay aquí se encuentran allí millones! —dijo el alemán—. Abundan tanto, que darían materia para que una docena de sabios dedicasen toda su vida a su estudio y se crearan así una reputación tan sólida como el castillo de St. Angelo.

Kennedy permaneció meditando con la frente contraída y los dedos jugueteando en su largo y rubio bigote. Por último dijo:

—¡Burger, usted mismo se ha delatado! Esas palabras suyas sólo pueden referirse a una cosa. Usted ha descubierto una catacumba nueva.

—No he dudado ni por un momento de que usted llegaría a esa conclusión examinando estos objetos.

—Desde luego, parecían apuntar en ese sentido; pero sus últimas observaciones me dieron la certidumbre. No existe lugar, como no sea una catacumba, que pueda contener una reserva de reliquias tan enorme como la que usted describe.

—Así es. La cosa no tiene misterio. En efecto, he descubierto una catacumba nueva.

—¿Dónde?

—Ese es mi secreto, querido Kennedy. Basta decir que su situación es tal, que no existe una probabilidad entre un millón de que alguien la descubra. Pertenece a una época distinta de todas las catacumbas conocidas, y estuvo reservada a los enterramientos de cristianos de elevada condición, y por eso los restos y las reliquias son completamente distintos de todo lo que se conoce hasta ahora. Si yo ignorara su saber y su energía, no vacilaría, amigo mío, en contárselo todo bajo juramento de guardar secreto. Pero tal como están las cosas, no tengo más remedio que preparar mi propio informe sobre la materia antes de exponerme a una competencia tan formidable.

Kennedy amaba su especialidad con un amor que llegaba casi a la monomanía, con un amor al que se mantenía fiel en medio de todas las distracciones que se le brindan a un joven rico y disoluto. Era ambicioso, pero su ambición resultaba cosa secundaria, frente al simple gozo abstracto y al interés en todo aquello que guardaba relación con la vida y la historia antigua de Roma. Anhelaba ya el ver con sus propios ojos este nuevo mundo subterráneo que su compañero había descubierto, y dijo con vivacidad:

—Escuche, Burger; le aseguro que puede tener en mí la más absoluta confianza en este asunto. Nada será capaz de inducirme a poner por escrito cosa alguna de cuanto vean mis ojos hasta que usted me autorice de una manera explícita. Comprendo perfectamente su estado de ánimo y me parece muy natural, pero nada puede temer realmente de mí. En cambio, si usted no me explica el asunto, esté seguro de que realizaré investigaciones sistemáticas al respecto, y de que sin la menor duda, llegaré a descubrirlo. Como es natural, si tal cosa ocurriese y no estando sujeto a compromiso alguno con usted, haría de mi descubrimiento el uso que bien me pareciera.

Burger contemplaba reflexivo y sonriente su cigarro y le contestó:

—Amigo Kennedy, he podido comprobar que cuando me hacen falta datos sobre algún problema, no siempre se muestra usted dispuesto a proporcionármelos.

—¿Cuándo me ha planteado alguna pregunta a la que yo no haya contestado? Recuerde, por ejemplo, cómo le proporcioné los materiales para su monografía referente al templo de las vestales.

—Bien, pero se trataba de un tema de poca importancia. No estoy seguro de que usted me contestase si yo le hiciera alguna pregunta sobre asuntos íntimos. Esta catacumba nueva es para mí un asunto de la máxima intimidad, y a cambio tengo yo derecho a esperar que usted me dé alguna prueba de confianza.

El inglés contestó:

—No veo adónde va usted a parar; pero si lo que quiere dar a entender es que responderá a mis preguntas relativas a la catacumba si yo contesto a cualquiera de las suyas, puedo asegurarle que así lo haré.

Burger se recostó cómodamente en su sofá, y lanzó al aire un árbol de humo azul de su cigarro. Luego dijo:

—Pues bien; dígame todo lo que hubo en sus relaciones con miss Mary Saunderson.

Kennedy se puso de pie de un salto y clavó una mirada de irritación en su impasible acompañante. Luego exclamó:

—¿Adónde diablos va usted a parar? ¿Qué clase de pregunta es ésa? Si usted ha pretendido hacer una broma, de verdad que jamás se le ha ocurrido otra peor.

–Pues no, no lo dije por bromear –contestó Burger con inocencia–. La verdad es que tengo interés por conocer el asunto en detalle. Yo estoy en la más absoluta ignorancia en todo cuanto se refiere al mundo y a las mujeres, a la vida social y a todas esas cosas, y por eso un episodio de esa clase ejerce sobre mí la fascinación de lo desconocido. Lo conozco a usted, la conocía de vista a ella. Llegué incluso en una o dos ocasiones a conversar con esa señorita. Pues bien, me agradaría muchísimo oír de sus propios labios y con toda exactitud, cuanto ocurrió entre ustedes.

–No le diré una sola palabra.

–Perfectamente. Fue solo un capricho mío para ver si usted era capaz de descubrir un secreto con la misma facilidad con que esperaba que yo le descubriese el de la catacumba nueva. Yo no esperaba que usted revelase el suyo, y no debe esperar que yo revele el mío. Bueno, el reloj de San Juan está dando las diez. Es ya hora de que me retire a mi casa.

–No, Burger. Espere un poco –exclamó Kennedy–. Es verdaderamente un capricho ridículo suyo el querer saber detalles de un lío amoroso que acabó hace ya meses. Ya sabe que al hombre que besa a una mujer y lo cuenta, lo consideramos como el mayor de los cobardes y de los villanos.

–Desde luego –dijo el alemán, recogiendo su canastilla de antigüedades–, y lo es cuando se refiere a alguna muchacha de la que nadie sabe nada. Pero bien sabe usted que el caso del que hablamos fue la comidilla de Roma, y que con aclararlo no perjudica en nada a miss Mary Saunderson. De todos modos, yo respeto sus escrúpulos. Buenas noches.

–Espere un momento, Burger –dijo Kennedy, apoyando su mano en el brazo del otro–. Tengo un interés vivísimo en el asunto de esa catacumba y no renuncio así como así. ¿Por qué no me pregunta sobre alguna otra cosa? Sobre algo que no resulte tan fuera de lugar.

—No, no. Usted se ha negado, y no hay más que hablar —contestó Burger con la canastilla bajo el brazo—. Tiene usted mucha razón en no contestar, y yo también la tengo. Buenas noches, pues, otra vez, amigo Kennedy.

El inglés vio cómo Burger cruzaba la habitación; pero hasta que el alemán no tuvo la mano en el picaporte no le gritó, con el acento de quien se decide de pronto a sacar el mejor partido de algo que no puede evitar.

—No siga adelante, querido amigo. Creo que eso que hace es una ridiculez; pero, puesto que es usted así, veo que no tendré más remedio que pasar por su exigencia. Me repugna hablar acerca de ninguna muchacha; pero, como usted bien dice, el asunto ha corrido por toda Roma, y no creo que usted encuentre novedad alguna de cuanto yo pueda contarle. ¿Qué es lo que quería saber?

El alemán volvió a aproximarse a la estufa, y dejando en el suelo la canastilla, se arrellanó nuevamente en su sofá, diciendo:

—¿Puedo servirme otro cigarro? ¡Muchas gracias! Nunca fumo mientras me dedico al trabajo; pero saboreo mucho más una charla si saboreo al mismo tiempo un cigarro. A propósito de esa señorita con la que tuvo su pequeña aventura, ¿qué diablos ha sido de ella?

—Está en Inglaterra, con su familia.

—¡Vaya! ¿De modo que en Inglaterra y con su familia?

—Sí.

—¿En qué parte de Inglaterra? En Londres, quizá.

—No, en Twickenham.

—Mi querido Kennedy, tendrá que saber disculpar mi curiosidad, y atribúyala a mi ignorancia del mundo. Desde luego que resulta asunto sencillo el convencer a una señorita joven de que se fugue con uno durante tres semanas y entregarla luego a sus familiares de..., ¿cómo dijo que se llama la población?

–Twickenham.

–Eso es; Twickenham. Pero es algo que se sale tan por completo de todo lo que yo he hecho, que no consigo imaginarme siquiera cómo se las arregló usted. Por ejemplo, si hubiese estado enamorado de esa joven, es imposible que ese amor desapareciese en tres semanas, de modo que me imagino que nunca la amó. Pero si no la amaba, ¿para qué levantó usted semejante escándalo, que ha redundado en su propio daño y que ha arruinado la vida de ella?

Kennedy contempló malhumorado el rojo de la estufa y dijo:

–Desde luego que hay lógica en esa manera de encarar el problema. La palabra amor es de mucha envergadura y corresponde a muchísimos matices distintos del sentimiento. La muchacha me gustó. Ya sabe todo lo encantadora que podía parecer, puesto que la conoció y le habló. La verdad es que, volviendo la vista hacia el pasado, estoy dispuesto a reconocer que nunca sentí por ella un verdadero amor.

–Pues entonces, mi querido Kennedy, ¿por qué lo hizo.

–Por lo mucho que la cosa tenía de aventura.

–¡Cómo! ¿Tanta afición tiene usted a las aventuras?

–¿Qué es lo que quita monotonía a la vida sino ellas? Si empecé a galantearla fue por puro afán de aventura. Hubo tiempos en que perseguí mucha caza mayor, pero le aseguro que no hay caza como la de una mujer bella. En este caso estaba también la pimienta de la dificultad, porque, como era la acompañante de lady Emily Rood, resultaba casi imposible entrevistarse con ella a solas. Y para colmo de obstáculos que daban atractivo a la empresa, ella misma me dijo a la primera de cambio que estaba comprometida.

–*Mein Gott!* ¿Con quién?

–No dio el nombre.

–Yo no creo que nadie esté enterado de ese detalle. ¿De modo que fue eso lo que dio mayor fascinación a la aventura?

–La salpimentó, por lo menos. ¿No opina usted lo mismo?

–Le vuelvo a decir que yo estoy en ayunas en esos asuntos.

–Mi querido camarada, usted puede recordar por lo menos que la manzana que hurtó del huerto de su vecino le pareció siempre más apetitosa que la del suyo propio. Y después de eso, me encontré con que ella me quiso.

–¿Así? ¿De sopetón?

–¡Oh, no! Me llevó por lo menos tres meses de labor de zapa y ataque. Pero la conquisté, por fin. La muchacha comprendió que el estado de separación judicial en que me encuentro con respecto a mi esposa, me imposibilitaba para entrar con ella por el camino legal. Pero se fugó conmigo, a pesar de todo, y mientras duró la aventura lo pasamos estupendamente.

–Pero ¿y el otro?

Kennedy se encogió de hombros , y contestó:

–Yo creo que es un caso de supervivencia de los mejores. Si él hubiese sido el mejor de los dos, ella no lo habría abandonado. Pero basta ya del tema, porque ha llegado a hastiarme.

–Sólo otra pregunta: ¿cómo se desembarazó de ella a las tres semanas?

–En ese tiempo, como usted comprenderá, ya había bajado un poco nuestra temperatura. Ella se negó a regresar a Roma, no queriendo reanudar el trato con quienes la conocían. Pues bien; Roma es una cosa indispensable para mí, y ya me dominaba la nostalgia de volver a mis tareas. Como verá, existía una razón potente para separarnos. Aparte de eso, y cuando estábamos en Londres, su anciano padre se presentó en el hotel, y tuvimos una escena desagradable. Total, que la aventura tomó el peor cariz, y yo me alegré de darla por terminada, aunque al principio eché terriblemente de menos a la muchacha. Bien, ya está. Cuento con que usted no repetirá ni una palabra de lo que acabo de contarle.

–Ni en sueños se me ocurriría tal cosa, Kennedy. Pero todo eso me ha interesado mucho, porque me proporciona una visión de las cosas completamente distinta de la que yo acostumbro, debido a que conozco poco la vida. Y después de eso, querrá que yo le hable de mi catacumba nueva. No merece la pena de que yo trate de describírsela, porque con mis datos verbales jamás llegaría usted a encontrarla. Lo único que viene al caso es que le lleve a ella.

–Sería una cosa magnífica.

–¿Cuándo le gustaría ir?

–Cuanto antes, mejor. Me muero por visitarla.

–Pues bien; hace una noche espléndida, aunque un poquitín fría. Podemos emprender la excursión dentro de una hora. Es preciso que adoptemos toda clase de precauciones para que el descubrimiento no trascienda de nosotros dos. Si alguien nos viera salir en pareja a explorar, sospecharía que algo está en marcha.

–Desde luego –contestó Kennedy–. Toda precaución es poca. ¿Queda lejos?

– A unas millas de aquí.

–¿No será mucha distancia para hacerla a pie?

–Al contrario, podemos ir paseando sin dificultad.

–Entonces, eso es lo mejor. Si un cochero nos dejara a noche cerrada en algún sitio solitario, le entrarían recelos.

–Así es. Creo que lo mejor que podemos hacer es citarnos para las doce de la noche en la Puerta de la

Vía Appia. Yo necesito regresar a mi domicilio para proveerme de cerillas, velas y todo lo demás.

–¡Magnífico, Burger! Es usted verdaderamente amable en acceder a revelarme este secreto, y le prometo no escribir nada al respecto hasta después de que haya publicado su memoria. ¡Hasta luego, pues! A las doce me encontrará en la puerta.

Cuando Burger, embozado en un capote de estilo italiano y con una linterna colgando de su mano derecha, llegó al lugar de la cita, vibraban por la fría y clara atmósfera de la noche, las notas musicales de las campanas de aquella ciudad de los mil relojes. Kennedy salió de la oscuridad y se le acercó. El alemán le dijo riendo:

–Es usted tan apasionado para el trabajo como para el amor.

–Tiene razón, porque llevo esperándolo casi media hora.

–Espero que no habrá dejado ninguna clave que permita a otros suponer a qué lugar nos dirigimos.

–No soy tan estúpido como para eso. Además, el frío se me ha metido hasta los huesos. Vamos andando, Burger, y entremos en calor con una rápida caminata.

Las pisadas de ambos resonaban ágiles sobre el tosco pavimento de piedra de la lamentable vía, único resto que queda de la carretera más célebre del mundo. No tuvieron mayores encuentros que el de un par de campesinos que marchaban de la taberna a su casa, y algunos carros de otros que llevaban sus productos al mercado de Roma. Avanzaron, pues, con rapidez por entre las tumbas colosales que asomaban de entre la oscuridad a uno y otro lado. Cuando llegaron a las Catacumbas de San Calixto y vieron alzarse frente a ellos, sobre el telón de fondo de la luna naciente, el gran bastión circular de Cecilia Metella, se detuvo Burger, llevándose la mano a un costado.

—Sus piernas son más largas que las mías y está más acostumbrado a caminar —dijo riéndose—. Me parece que el sitio en que tenemos que desviarnos queda por aquí. Sí, en efecto, hay que doblar la esquina de esa *trattoría*. El sendero que sigue es muy estrecho, de manera que quizá sea preferible que yo marche adelante.

Había encendido su linterna. Alumbrados por su luz pudieron seguir por una huella angosta y tortuosa que serpenteaba por las tierras pantanosas de la campaña. El enorme Acueducto de Roma se alargaba igual que un gusano monstruoso por el claro de luna, y su camino pasaba por debajo de uno de los descomunales arcos, dejando a un lado la circunferencia del muro de ladrillos en ruinas de un viejo anfiteatro. Burger se detuvo, al fin, junto a un solitario establo de madera, y sacó de su bolsillo una llave. Kennedy, al verlo, exclamó:

—¡No es posible que su catacumba esté dentro de una casa!

—La entrada sí que lo está. Eso es precisamente lo que evita el peligro de que nadie la descubra.

—¿Está enterado el propietario?

—Ni mucho menos. Él fue quien hizo un par de hallazgos por los que yo deduje, casi con seguridad, que la casa estaba construida sobre la entrada de una catacumba. En vista de eso, se la alquilé y realicé yo mismo las excavaciones. Entre usted, y cierre luego la puerta.

Era una construcción larga y vacía, con los pesebres de las vacas a lo largo de una de las paredes. Burger depositó su linterna en el suelo y la tapó con su gabán, salvo en un solo sentido, diciendo:

—Podría llamar la atención, si alguien viese luz en un lugar abandonado como éste. Ayúdeme a levantar esta plataforma de tablas.

Entre el suelo y las tablas había, en el ángulo, algo de holgura, y los dos sabios fueron levantándolas una a una y colocándolas de pie, apoyadas en la pared. Se veía en el fondo una abertura cuadrada y una escalera de piedra antigua, por la que se descendía a las profundidades de la caverna.

–¡Tenga cuidado! –gritó Burger, al ver que Kennedy, aguijoneado por la impaciencia, se lanzaba escaleras abajo–. Es una verdadera madriguera de conejos, y quien se extravíe en su interior, tiene cien probabilidades contra una de quedarse dentro. Espere a que yo traiga la luz.

–Si tan complicada es, ¿cómo se las arregla para orientarse?

–Pasé al principio verdaderos momentos de angustia, pero poco a poco he aprendido a ir y venir con seguridad. Las galerías están construidas con cierto sistema, pero una persona desorientada y sin luz no sabría salir. Aun ahora llevo mis prevenciones hasta el punto de que, cuando me adentro mucho, voy soltando un rollo de cable fino. Usted mismo puede ver, desde donde está, que la cosa es complicada. Pues bien, cada uno de esos pasillos se divide y subdivide en una docena más antes de las próximas cien yardas.

Habían bajado unos veinte pies desde el nivel de los establos y se encontraban dentro de una cámara cuadrada, excavada en la blanda piedra caliza. La linterna proyectaba sobre las agrietadas paredes una luz oscilante, intensa en el suelo y débil en lo alto. De este centro común irradiaban negras bocas en todas las direcciones. Burger dijo:

–Sígame de cerca, amigo mío. No se entretenga mirando nada de lo que se ofrece en nuestro camino, porque en el sitio al que lo conduzco encontrará todo lo que por aquí pueda ver y otras muchas cosas. Ahorraremos tiempo marchando hasta allí directamente.

Avanzó Burger con resolución por uno de los pasillos, y detrás de él Kennedy, pisándole los talones. De trecho en trecho, el pasillo se bifurcaba; pero era evidente que Burger seguía algún propio sistema suyo de señales secretas, porque nunca se detenía ni dudaba. Por todas partes, a lo largo de las paredes, los cristianos de la antigua Roma yacían en huecos que recordaban las literas de un buque de emigrantes. La amarilla luz se proyectaba vacilante sobre los arrugados rasgos faciales de las momias, resbalando sobre las redondeces de los cráneos y de las canillas, largas y blancas, de los brazos cruzados sobre los descarnados pechos. Kennedy miraba con ojos ansiosos, sin dejar de avanzar, las inscripciones, los vasos funerarios, las pinturas, las ropas y los utensilios que seguían en el mismo sitio en que los colocaron manos piadosas muchos siglos antes. Comprendió con toda claridad, sólo con esos ojeadas que lanzaba al pasar, que aquella catacumba era la más antigua y la mejor, y que encerraba una cantidad de restos romanos superior a todo lo que hasta entonces se había podido ofrecer en un mismo lugar a la observación en los investigadores.

—¿Que ocurriría si se apagara la luz? —preguntó, mientras avanzaba apresuradamente.

—Tengo de reserva en el bolsillo una vela y una caja de cerillas. A propósito, Kennedy, ¿tiene usted cerillas?

—No, sería bueno que usted me diese algunas.

—¡Bah!, no es necesario, porque no hay ninguna posibilidad de que nos separemos el uno del otro.

—¿Vamos a penetrar muy adentro? Creo que llevamos ya avanzado por lo menos un cuarto de milla.

—Yo creo que más. La verdad es que el espacio que ocupan las tumbas no tiene límites o, por lo menos, yo no he encontrado todavía el final. Este sitio en que ahora entramos es muy complicado, de modo que voy a emplear nuestro rollo de cuerda fina.

Ató una extremidad de la soga a una piedra saliente y puso el rollo en el pecho de su chaqueta, dando cuerda a medida que avanzaban. Kennedy comprendió el requerimiento, porque los pasillos eran cada vez más complicados y tortuosos, formando una perfecta red de galerías cortadas entre sí. Desembocaron, por fin, en un amplio salón circular en el que se veía un pedestal cuadrado de toba, recubierta en la parte superior con una losa de mármol. Burger hizo balancear su linterna sobre la superficie marmórea, y Kennedy exclamó como en un éxtasis:

—¡Por Júpiter! Éste es un altar cristiano. Probablemente el más antiguo de cuantos existen. He aquí, grabada en un ángulo, la crucecita de la consagración. Este salón circular sirvió sin duda de iglesia.

—¡Exactamente! —dijo Burger—. Si yo dispusiera de más tiempo, me gustaría enseñarle todos los cuerpos enterrados en los nichos de estas paredes, porque son de los primeros papas y obispos de la iglesia, y fueron enterrados con sus mitras, báculos y todas sus insignias canónicas. Acérquese a mirar ése que hay allí.

Kennedy cruzó el salón y se quedó contemplando la fantasmal cabeza, que quedaba muy holgada dentro de la mitra hecha jirones y comida por la polilla.

—Esto es interesantísimo —exclamó, y pareció que su voz resonaba con fuerza en la concavidad de la bóveda—. En lo que a mí concierne, es algo único. Acérquese con la linterna, Burger, porque quiero examinar todos estos nichos.

Pero el alemán se había alejado hasta el lado contrario de aquel salón, y estaba de pie en el centro de un círculo de luz.

—¿Sabe usted la cantidad de vueltas y más vueltas equivocadas que hay desde aquí hasta las escaleras? —preguntó—. Son más de dos mil. Sin duda, los cristianos recurrieron a ese sistema como medio de protección. Hay dos mil probabilidades contra una de que, incluso disponiendo de una luz, consiga una persona salir de aquí; pero si tuviese que hacerlo moviéndose entre tinieblas, le resultaría muchísimo más difícil.

– Así lo creo también.

–Además, estas tinieblas son cosa de espanto. En una ocasión quise hacer un experimento para comprobarlo. Vamos a repetirlo ahora.

Burger se inclinó hacia la linterna, y un instante después Kennedy sintió como que una mano invisible le oprimía con gran fuerza los dos ojos. Hasta entonces no había sabido lo que era oscuridad. Esta de ahora parecía oprimirlo y aplastarlo. Era un obstáculo sólido, cuyo contacto evitaba el avance del cuerpo. Kennedy alargó las manos como para empujar lejos de él las tinieblas, y dijo:

–Basta ya, Burger. Encienda otra vez la luz.

Pero su compañero rompió a reír, y dentro de aquella habitación circular, la risa parecía proceder de todas partes al mismo tiempo. El alemán dijo después:

–Amigo Kennedy, parece que se siente usted inquieto.

–¡Venga ya, hombre, encienda la luz! –exclamó Kennedy con impaciencia.

–Es una cosa extraña, Kennedy, pero yo sería incapaz de decir en qué dirección se encuentra usted guiándome por la voz. ¿Podría usted decir dónde me encuentro yo?

–No, porque parece estar en todas partes.

–Si no fuese por esta cuerdecita que tengo en mi mano, yo no tendría la menor idea del camino que debo seguir.

–Lo supongo. Encienda una luz, hombre, y dejémonos ya de tonterías.

–Pues bien, Kennedy, tengo entendido que hay dos cosas a las que es usted muy aficionado. Una de ellas es la aventura, y la otra, el que tenga obstáculos que vencer. En este caso, la aventura ha de consistir en que usted se las arregle para salir de esta catacumba. El obstáculo consistirá en las tinieblas y en los dos mil ángulos equivocados que hacen difícil esa empresa. Pero no necesita darse prisa, porque dispone de tiempo en abundancia. Cuando haga un alto de cuando en cuando para descansar, me agradaría que usted se acordase precisamente de miss Mary Saunderson, y que reflexionara en si se portó usted con ella con toda decencia.

–¿A dónde va usted a parar con eso, maldito demonio? –bramó Kennedy.

Había empezado a correr de un lado para otro, moviéndose en pequeños círculos y aferrándose con ambas manos a la sólida oscuridad.

–Adiós –dijo la voz burlona, ya desde alguna distancia–. Kennedy, basándome en su misma exposición del asunto, la verdad es que no creo que usted hizo lo que debía en lo relativo a esa muchacha. Sin embargo, hay un pequeño detalle que usted, por lo visto, no conoce, y que yo estoy en condiciones de proporcionárselo. Miss Saunderson estaba comprometida para casarse con un pobre diablo, con un desgarbado investigador que se llamaba Julius Burger.

Se oyó en alguna parte un rozamiento, un vago sonido de un pie que golpeaba en una piedra, y de pronto cayó el silencio sobre aquella iglesia cristiana de la antigüedad. Fue un silencio estancado, abrumador; que envolvió por todas partes a Kennedy, lo mismo que el agua envuelve a un hombre que se está ahogando.

Unos dos meses después corrió por toda la prensa europea el siguiente relato:

El descubrimiento de la catacumba nueva de Roma es uno de los más interesantes entre los de los últimos años. La catacumba se encuentra situada a alguna distancia, hacia el Oriente, de las conocidas bóvedas de San Calixto. El hallazgo de este importante lugar de enterramientos, extraordinariamente rico en interesantísimos restos de los primeros tiempos del cristianismo, se debe a la energía e inteligencia del joven especialista alemán doctor Julius Burger, que se está colocando rápidamente en primer lugar como técnico en los temas de la Roma antigua. Aunque el doctor Burger haya sido el primero en llevar al público la noticia de su descubrimiento, parece que otro aventurero con menos suerte se le adelantó. Unos meses atrás desapareció repentinamente de las habitaciones que ocupaba en el Corso, el conocido investigador inglés míster Kennedy. Se hicieron conjeturas asociando esa desaparición con el escándalo social que tuvo lugar poco antes, suponiéndose que se habría visto por ello impulsado a abandonar Roma. Por lo que ahora se ve, dicho señor fue víctima del fervoroso amor a la arqueología, que lo había elevado a un plano distinguido entre los investigadores actuales. Su cadáver ha sido descubierto en el corazón de la catacumba nueva, y del estado de sus pies y de sus botas se deduce que caminó días y días por los tortuosos pasillos que hacen de estas tumbas subterráneas un lugar peligroso para los exploradores. Por lo que se ha podido comprobar, el muerto, llevado de una temeridad inexplicable, se metió en aquel laberinto sin llevar consigo velas ni cerillas, de modo que su lamentable desgracia fue un resultado lógico de su propia precipitación. Lo más doloroso del caso es que el doctor Julius Burger era íntimo amigo del difunto, por lo que su júbilo ante el extraordinario descubrimiento que ha tenido la suerte de hacer se ha visto grandemente mellado por el espantoso final de su camarada y compañero de trabajos.

EL CASO DE LADY SANNOX

L as relaciones entre Douglas Stone y la conocidísima lady Sannox eran cosa sabida tanto en los círculos elegantes a los que ella pertenecía en calidad de miembro brillante, como en los organismos científicos que lo contaban a él entre sus más ilustres cofrades. Por esta razón, al anunciarse cierta mañana que la dama había tomado de una manera resuelta y definitiva el velo de religiosa, y que el mundo no volvería a saber más de ella, se produjo, como es natural, un interés que alcanzó a muchísima gente. Pero cuando a este rumor siguió de inmediato la seguridad de que el célebre cirujano, el hombre de nervios de acero, había sido encontrado una mañana por su ayuda de cámara sentado al borde de su cama, con una placentera sonrisa en el rostro y las dos piernas metidas en una sola pernera de su pantalón, y que aquel gran cerebro valía ahora lo mismo que una gorra llena de sopa, el tema resultó suficientemente sensacional para que se estremeciesen ciertas gentes que creían tener su sistema nervioso a prueba de esa clase de sensación.

Douglas Stone fue en su juventud uno de los hombres más extraordinarios de Inglaterra. La verdad es que apenas si podía decirse, en el momento de ocurrir este pequeño incidente, que hubiese pasado esa juventud, porque sólo tenía entonces treinta y nueve años. Quienes lo conocían a fondo sabían perfectamente que, a pesar de su celebridad como cirujano, Douglas Stone habría podido triunfar con rapidez aún mayor en una docena de actividades distintas. Podía haberse abierto el camino hasta la fama como soldado o haber forcejeado hasta alcanzarla como explorador; podía haberla buscado con empaque y solemnidad en los tribunales, o bien habérsela construido de piedra y de hierro actuando de ingeniero. Había nacido para ser grande, porque era capaz de proyectar lo que otros hombres no se atrevían a llevar a cabo, y de llevar a cabo lo que otros hombres no se atrevían a proyectar. Nadie le alcanzaba en cirugía. Su frialdad de nervios, su cerebro y su intuición eran cosa fuera de lo corriente. Una y otra vez su bisturí alejó la muerte, aunque al hacerlo hubiese tenido que rozar las fuentes mismas de la vida, mientras sus ayudantes empalidecían tanto como el hombre operado. ¿No queda aún en la zona del sur de Marylebone Road y del norte de Oxford Street el recuerdo de su energía, de su audacia y de su plena seguridad en sí mismo?

Tan destacados como sus virtudes eran sus vicios, siendo, además, infinitamente más pintorescos. Aunque sus rentas eran grandes, y aunque era, en cuanto a ingresos profesionales, el tercero entre todos los de Londres, todo ello no le alcanzaba para el tren de vida en que se mantenía. En lo más hondo de su complicada naturaleza había una abundante vena de sensualidad y Douglas Stone colocaba todos los productos de su vida al servicio de la misma. Era esclavo de la vista, del oído, del tacto, del paladar. El aroma de los vinos añejos, el perfume de lo raro y exótico, las curvas y tonalidades de las más finas porcelanas de Europa se llevaban el río de oro al que daba rápido curso. Y de pronto lo acometió aquella loca pasión por lady Sannox. Una sola entrevista, con dos miradas desafiadoras y unas palabras cuchicheadas al oído, la convirtieron en hoguera. Ella era la mujer más adorable de Londres y la única que existía para él. Él era uno de los hombres más bellos de Londres, pero no era el único que existía para ella. Lady Sannox era aficionada a variar, y se mostraba amable con muchos de los hombres que la cortejaban. Quizá fuese esa la causa y quizá fuese el efecto; el hecho es que lord Sannox, el marido, parecía tener cincuenta años, aunque en realidad sólo había cumplido los treinta y seis.

Era hombre tranquilo, callado, sin color, de labios delgados y párpados voluminosos, muy aficionado a la jardinería y dominado completamente por inclinaciones hogareñas. Antaño había mostrado aficiones a los escenarios; llegó incluso a alquilar un teatro en Londres, y en el escenario de ese teatro conoció a miss Marion Dawson, a la que ofreció su mano, su título y la tercera parte de un condado. Aquella primera afición suya se le había hecho odiosa después de su matrimonio. No se lograba convencerle de que mostrase ni siquiera en representaciones particulares el talento de actor que tantas veces había demostrado poseer. Era más feliz con una azadilla y con una regadera entre sus orquídeas y crisantemos.

Resultaba problema interesantísimo el de saber si aquel hombre estaba desprovisto por completo de sensibilidad, o si carecía lamentablemente de energía. ¿Estaba, acaso, enterado de la conducta de su esposa y la perdonaba, o era sólo un hombre ciego, caduco y estúpido? Era ése un problema propio para servir de pábulo a las conversaciones en los saloncitos coquetones en que se tomaba el té y en las ventanas saledizas de los clubes, mientras se saboreaba un cigarro. Los comentarios que hacían los hombres de su conducta eran duros y claros. Sólo un hombre habría podido hablar en favor suyo, pero ese hombre era el más callado de todos los que frecuentaban el salón de fumadores. Ese individuo le había visto domar un caballo en sus tiempos de universidad, y su manera de hacerlo le había dejado una impresión duradera.

Pero cuando Douglas Stone llegó a ser el favorito, cesaron de una manera definitiva todas las dudas que se tenían sobre si lord Sannox conocía o ignoraba aquellas cosas. Tratándose de Stone no cabían subterfugios, porque, como era hombre impetuoso y violento, dejaba de lado las precauciones y toda discreción. El escándalo llegó a ser público y notorio. Un organismo docto hizo saber que había borrado el nombre de Stone de la lista de sus vicepresidentes. Hubo dos amigos que le suplicaron que tuviese en cuenta su reputación profesional. Douglas Stone abrumó con su soberbia a los tres, y gastó cuarenta guineas en una ajorca que llevó de regalo en su visita a la dama. Él la visitaba todas las noches en su propia casa, y ella se paseaba por las tardes en el coche del cirujano. Ninguno de los dos realizó la menor tentativa para ocultar sus relaciones; pero se produjo, al fin, un pequeño incidente que las interrumpió.

Era una noche de invierno, triste, muy fría y ventosa. Ululaba el viento en las chimeneas y sacudía con estrépito las ventanas. A cada nuevo suspiro del viento oíase sobre los cristales un tintineo de la fina lluvia que tamborileaba en ellos, apagando por un instante el monótono sonido del agua que caía de los aleros. Douglas Stone había terminado de cenar y estaba junto a la chimenea de su despacho, con una copa de rico oporto sobre la mesa de malaquita que tenía a su lado. Al acercarla hacia sus labios la miró a contraluz de la lámpara, contemplando con pupila de entendido las minúsculas escamitas de flor de vino, de un vivo color rubí que flotaban en el fondo. El fuego llameante proyectaba reflejos súbitos sobre su cara audaz y de fuerte perfil. De grandes ojos grises, labios gruesos pero tensos, y de mandíbula fuerte y en escuadra, tenía algo de romano en su energía y animalidad. Al arrellanarse en su magnífico sillón, Douglas Stone se sonreía de cuando en cuando. A decir verdad, tenía derecho a sentirse complacido: contrariando la opinión de seis de sus colegas, había llevado a cabo ese mismo día una operación de la que sólo podían citarse dos casos hasta entonces, y el resultado obtenido superaba todas las esperanzas. No había en Londres nadie con la audacia suficiente para proyectar, ni con la habilidad necesaria para poner en obra, aquel recurso heroico.

Pero Douglas Stone había prometido a lady Sannox que pasaría con ella la velada, y eran ya las ocho y media. Había alargado la mano hacia el llamador de la campanilla para pedir el coche, cuando llegó a sus oídos el golpe sordo del aldabón de la puerta de calle. Se oyó un instante después ruido de pies en el vestíbulo, y el golpe de una puerta que se cerraba.

—Señor, en la sala de consulta hay un enfermo que desea verlo —dijo el ayuda de cámara.

—¿Se trata del mismo paciente?

—No, señor, creo que desea que salga usted con él.

—Es demasiado tarde —exclamó Douglas Stone con irritación—. No iré.

—Ésta es la tarjeta del que espera, señor.

El ayuda de cámara se la presentó en la bandeja de oro que la esposa de un primer ministro había regalado a su amo.

—¡Hamil Alí Smyrna! ¡Ejem!, supongo que se trata de un turco.

—Así es, señor. Parece que hubiera llegado del extranjero, señor, y se encuentra en un estado espantoso.

—¡Vaya! El caso es que tengo un compromiso y he de marchar a otra parte. Pero lo recibiré. Hágalo pasar, Pim.

Unos momentos después, el ayuda de cámara abría de par en par la puerta y dejaba paso a un hombre pequeño y decrépito, que caminaba con la espalda inclinada, adelantando el rostro y parpadeando como suelen hacerlo las personas muy cortas de vista. Tenía el rostro muy moreno y el pelo y la barba de un color negro muy oscuro. Sostenía en una mano un turbante de muselina blanca con listas encarnadas, y en la otra, una pequeña bolsa de gamuza.

—Buenas noches —dijo Douglas Stone, una vez que el criado cerró la puerta—. ¿Habla usted inglés, verdad?

—Sí, señor. Yo procedo del Asia Menor, pero hablo algo de inglés, lentamente.

—Tengo entendido que usted quiere que yo le acompañe fuera de casa.

—En efecto, señor. Tengo gran deseo de que examine usted a mi esposa.

—Puedo hacerlo mañana por la mañana, porque esta noche tengo una cita que me impide visitar a su esposa.

La respuesta del turco fue por demás original.

Aflojó la cuerda que cerraba la boca del bolso de gamuza, y vertió un río de oro sobre la mesa, diciendo:

—Ahí tiene cien libras, y le aseguro que la visita no le llevará más de una hora. Tengo a la puerta un carruaje.

Douglas Stone consultó su reloj. Una hora de retraso le daría tiempo aún para visitar a lady Sannox. En otras ocasiones la había visitado a una hora más tardía. Aquellos honorarios eran muy elevados. En los últimos tiempos lo apremiaban los acreedores y no podía desperdiciar una ocasión así. Iría.

—¿De qué enfermedad se trata? —preguntó.

—¡Oh, es un caso muy triste! ¡Un caso muy triste y único! ¿Oyó usted hablar alguna vez de los puñales de los almohades?

– Nunca.

–Pues bien: se trata de unos puñales o dagas del Oriente que tienen gran antigüedad y que son de una forma característica, con la empuñadura parecida a lo que ustedes llaman un estribo. Yo negocio en antigüedades, y por esa razón he venido a Inglaterra desde Esmirna; pero regreso la semana que viene. Traje un gran acopio de artículos, y aún me quedan algunos. Para desconsuelo mío, entre esos artículos que me quedaban está uno de esos puñales de que le hablo.

–Permítame, señor, que le recuerde que tengo una cita –dijo el cirujano, con algo de irritación–. Limítese, por favor, a los detalles indispensables.

–Ya verá usted que éste lo es. Mi esposa tuvo hoy un desmayo hallándose en la habitación en que guardo mi mercancía, y se cayó al suelo, cortándose el labio inferior con ese maldito puñal de los almohades.

–Comprendo –dijo Douglas Stone poniéndose de pie–. Lo que usted quiere es que le cure la herida.

–No, no; porque es algo peor que eso.

–¿De qué se trata, pues?

–De que esos puñales están envenenados.

–¡Envenenados!

–Sí, y no existe nadie en Oriente ni en Occidente que sepa hoy de qué clase de veneno se trata y con qué se cura. Conozco esos detalles porque mi padre se dedicó a este negocio antes que yo, y porque estas armas envenenadas nos han dado mucho trabajo.

–¿Cuáles son los síntomas?

–Sueño profundo, y la muerte antes de las treinta horas.

–Y usted asegura que no existe cura posible. ¿Por qué razón entonces me paga una suma tan crecida de honorarios?

–Ninguna droga existe que pueda curar el envenenamiento, pero sí puede curarla el bisturí.

–¿De qué manera?

–El veneno es de absorción lenta. Permanece horas enteras en la misma herida.

–Según eso, podría limpiarse a fuerza de lavados.

–No, porque ocurre lo mismo que con las mordeduras de reptiles venenosos. El veneno es demasiado sutil y demasiado mortífero.

–Habrá que extirpar el órgano herido.

–Eso es; si la herida es en un dedo, se arranca el dedo. Es lo que decía siempre mi padre. Pero piense usted en dónde está la herida en este caso y en que se trata de mi esposa. ¡Es horrible!

Pero, en asuntos tan dolorosos, el hallarse familiarizado con ellos puede embotar la simpatía de un hombre. Para Douglas Stone aquel caso era ya interesante, e hizo a un lado como cosa sin importancia las débiles objeciones del marido, diciendo con brusquedad:

–Por lo que se ve, no hay otra alternativa. Es preferible perder un labio a perder una vida.

–Sí, reconozco que eso que dice es cierto. Bien, bien, es el destino, y no hay más remedio que aceptarlo. Tengo abajo el coche, vendrá usted conmigo y realizará la operación.

Douglas Stone sacó de un cajón su estuche de bisturíes y se lo metió al bolsillo, junto con un rollo de vendajes y un paquete de hilas. No podía perder más tiempo si había de visitar a lady Sannox. Dijo, pues, poniéndose el gabán:

–Estoy dispuesto, si no quiere usted tomar un vaso de vino antes de salir a la fría temperatura de la noche.

El visitante retrocedió, alzando la mano en señal de protesta:

–Se olvida usted de que soy musulmán y fiel cumplidor de los preceptos del profeta. Sin embargo, quisiera que me dijese qué contiene la botella de cristal verde que se ha metido en el bolsillo.

–Es cloroformo.

–También su empleo nos está prohibido. Se trata de un líquido espirituoso y no podemos emplear semejantes productos.

–¡Cómo! ¿Consentirá que su esposa tenga que pasar por esta operación sin un anestésico?

–¡Oh, señor! Ella no se dará cuenta de nada. La pobre está sumida ya en el sueño profundo, el primer efecto de esa clase de veneno. Además la hice tomar nuestro opio de Esmirna. Vamos, señor, porque ha transcurrido ya una hora.

Cuando salieron a la oscuridad de la calle, una ráfaga de lluvia azotó sus caras, y la lámpara del vestíbulo, que se bamboleaba colgada del brazo de una cariátide de mármol, se apagó de golpe. El ayuda de cámara, Pim, cerró la pesada puerta empujando con todas sus fuerzas para vencer la resistencia del viento, mientras los dos hombres avanzaban con cuidado hasta la luz amarilla que indicaba el sitio donde esperaba el coche. Unos momentos después rodaban con estrépito hacia su punto de destino.

–¿Está lejos? –preguntó Douglas Stone.

–¡Oh, no! Vivimos en un lugar muy tranquilo próximo a Euston Road.

El cirujano oprimió el resorte de su reloj de repetición y escuchó los golpecitos que le anunciaron la hora. Eran las nueve y cuarto. Calculó las distancias y el poco tiempo que le llevaría una operación tan sencilla. Para las diez tenía que llegar a casa de lady Sannox. A través de las ventanas empañadas, veía la danza de los borrosos faroles de gas que iban quedando atrás, y las ruedas del coche producían un blando siseo al pasar por un terreno de charcos y de barro. Frente a Douglas Stone blanqueaba débilmente en la oscuridad el turbante de su cliente. El cirujano palpó dentro de sus bolsillos y dispuso sus agujas, ligaduras y pinzas, para no perder tiempo cuando llegasen. Rabiaba de impaciencia y tamborileaba en el suelo con el pie.

El coche fue por fin perdiendo velocidad y se detuvo. Douglas Stone se apeó en el acto, y el comerciante de Esmirna lo hizo pisándole los talones, y dijo al cochero:

—Espere usted.

Era una casa de aspecto ruin en una calle sórdida y estrecha. El cirujano, que conocía bien su Londres, echó una rápida ojeada por la oscuridad, pero no observó nada característico: ni una tienda, ni movimiento alguno, nada, en fin, fuera de la doble fila de casas sin relieve en sus fachadas, de una doble faja de losas húmedas que brillaban a la luz de la lámpara y de un doble y estrepitoso correr del agua por los arroyos para precipitarse entre remolinos y gorgoteos por las rejillas de los sumideros. Se encontraron delante de una puerta descascarada y descolorida, en la que la débil luz que salía por el abanico de la parte superior servía para poner de relieve el polvo y la suciedad con que estaba cubierta. En el piso superior brillaba una débil luz amarilla en una de las ventanas del dormitorio. El comerciante turco llamó con fuertes golpes; cuando se volvió de cara a la luz Douglas Stone pudo ver que su cara se hallaba contraída de ansiedad. Corrieron un cerrojo, y apareció en el umbral una mujer anciana con una velita, resguardando la débil llama con su mano asarmentada.

—¿Sigue todo bien? —jadeó el mercader.

—La señora está tal como usted la dejó.

—¿No habló?

—No, duerme profundamente.

El comerciante cerró la puerta, y Douglas Stone avanzó por el estrecho pasillo, mirando con sorpresa en torno suyo. No había ni linóleo, ni esterilla, ni percha de sombreros. No vio otra cosa que gruesas capas de polvo y tupidas orlas de telarañas por todas partes. Sus firmes pisadas resonaban con fuerza por toda la casa en silencio, mientras subía detrás de la anciana por la tortuosa escalera.No había alfombra.

El dormitorio estaba en el segundo descansillo. Douglas Stone entró en él detrás de la anciana, y seguido inmediatamente por el mercader. Allí por lo menos había muebles, incluso con exceso. Se veía en el suelo un revoltijo y en los rincones, verdaderas pilas de vitrinas turcas, mesas incrustadas, cotas de malla, pipas de formas extrañas y armas grotescas. Por toda luz había en la pared una lámpara pequeña sostenida por una horquilla. Douglas Stone la descolgó, se abrió paso entre los trastos viejos y se acercó a una cama que había en un rincón, y en la que estaba acostada una mujer vestida al estilo turco, con el *yashmak* y el velo. Sólo la parte inferior de la cara estaba al descubierto, y el cirujano pudo ver un corte dentado que zigzagueaba por todo el borde del labio inferior.

–Ya perdonará usted que esté tapada con el *yashmak*, sabiendo lo que los orientales pensamos acerca de las mujeres –dijo el turco.

Pero el cirujano pensaba en otra cosa distinta que el *yashmak*. Aquello no era una mujer para él, sino simplemente un caso. Se inclinó y examinó con cuidado la herida, y dijo:

–No existen señales de inflamación. Podríamos retrasar la operación hasta que se desarrollen los síntomas locales.

–¡Oh señor, señor! –dijo el mercader–. No ande con nimiedades. Usted no sabe lo que es esto. Esa herida es mortal. Yo sí que lo sé, y le doy la seguridad de que es absolutamente indispensable operar. Sólo el bisturí puede salvarle la vida.

–Sin embargo, yo me siento inclinado a esperar –dijo Douglas Stone.

–¡Basta ya! –exclamó irritado el turco–. Cada minuto que pasa tiene importancia, y yo no puedo permanecer aquí viendo cómo se va muriendo mi esposa. No me queda más que dar a usted las gracias por haber venido y marchar en busca de otro cirujano antes de que sea demasiado tarde.

Douglas Stone vaciló. No era agradable el tener que devolver las cien libras, pero si dejaba abandonado el caso tendría que hacerlo. Y si el turco estaba en lo cierto y la mujer fallecía, la posición de Douglas delante del juez de investigación podía resultar embarazosa.

–De modo que usted sabe por experiencia personal cuáles son los efectos de este veneno –le preguntó.

–Lo sé.

–Y me asegura que la operación es indispensable.

–Lo juro por todo cuanto es sagrado para mí.

–La cara quedará desfigurada espantosamente.

–Comprendo que la boca no quedará como para besarla con agrado.

Douglas Stone se volvió indignado hacia aquel hombre. Su manera de hablar era brutal. Pero los turcos hablan y piensan a su propia manera, y no era aquel un momento para dimes y diretes. Douglas Stone sacó un bisturí del estuche, lo abrió y tanteó con el dedo índice su filo agudo. Acto seguido, acercó más la lámpara a la cama. Por la rendija del *yashmak* lo miraban con fijeza dos ojos negros. Eran todo iris, distinguiéndose apenas la pupila.

–Le ha dado usted una dosis de opio muy fuerte.

–Sí, ha sido bastante buena.

El cirujano volvió a contemplar los ojos negros que lo miraban fijamente. Estaban apagados y sin brillo, pero pudo advertir que aparecía en ellos una lucecita de vida, y que le temblaban los labios.

–Esta mujer no está en estado absoluto de inconsciencia –dijo el cirujano.

–¿Y no será preferible emplear el bisturí mientras está insensible?

Ese mismo pensamiento había cruzado por el cerebro del cirujano. Sujetó con su fórceps el labio herido y dando dos rápidos cortes se llevó una ancha tira de carne en forma de V. La mujer saltó en la cama con un alarido espantoso. Douglas Stone conocía aquella cara. Era una cara que le era familiar, a pesar del labio superior saliente y de la sangre que le manaba. La mujer siguió gritando y se llevó la mano a la herida sangrante. Douglas Stone se sentó al pie de la cama con su bisturí y su fórceps. La habitación giraba a su alrededor, y había sentido que detrás de sus orejas se le desgarraba algo como una cicatriz. Quien hubiese estado mirando, habría dicho que de las dos caras la suya era la más espantosa. Como si estuviere soñando una pesadilla, o como si hubiese estado mirando un detalle de una representación, tuvo conciencia de que la cabellera y la barba del turco estaban encima de la mesa, y de que lord Sannox se apoyaba en la pared apretándose el costado con la mano y riendo silenciosamente. Los alaridos habían dejado de oírse, y la cabeza horrenda había vuelto a caer encima de la almohada, pero Douglas Stone seguía sentado e inmóvil, mientras lord Sannox reía silenciosamente.

–La verdad es –dijo por fin –que esta operación era verdaderamente indispensable para Mary; no física, pero sí moralmente. Entiéndame bien, moralmente.

Douglas Stone se inclinó hacia adelante y empezó a juguetear con el fleco de la colcha de la cama. Su bisturí tintineó en el suelo al caer, pero el cirujano seguía sosteniendo su fórceps y algo más. Lord Sannox dijo con ironía:

–Tenía desde hace mucho tiempo el propósito de dar un pequeño ejemplo. Su carta del miércoles se extravió, y la tengo aquí en mi cartera. Me costó bastante trabajo la puesta en práctica de mi idea. La herida, dicho sea de paso, no tenía más peligrosidad que la que puede darle mi anillo de sello.

Miró vivamente a su silencioso acompañante, y levantó el gatillo de un revólver pequeño que guardaba en el bolsillo de la chaqueta. Pero Douglas Stone seguía jugueteando con la colcha. Entonces le dijo:

–Ya ve usted que, después de todo, ha acudido a la cita.

Al oír aquello, Douglas Stone rompió a reír. Fue la suya una risa larga y ruidosa. Quien no se reía ahora era lord Sannox. Sus facciones se aguzaron y cuajaron con una expresión parecida a la del miedo. Salió de puntillas de la habitación.

La anciana esperaba afuera.

–Atienda a su señora cuando se despierte –le dijo lord Sannox.

Luego bajó las escaleras y salió a la calle. El coche esperaba a la puerta, y el cochero se llevó la mano al sombrero. Lord Sannox le dijo:

–Juan, ante todo llevarás al doctor a su casa. Creo que hará falta asistirlo al bajar las escaleras. Dile a su ayuda de cámara que se ha puesto enfermo durante una operación.

–Muy bien, señor.

–Después llevarás a lady Sannox a casa.

–¿Y a usted, señor?

–Verás. Durante los próximos meses me hospedaré en el Hotel di Roma, en Venecia. Cuida de que me sea enviada la correspondencia, y dile a Stevens que el lunes próximo exhiba todos los crisantemos de color púrpura y que me telegrafíe el resultado.

EL ESPANTO DE
LA CUEVA DE JUAN AZUL

E l relato que doy a continuación fue hallado entre los papeles del doctor James Hardcastle, que murió de tuberculosis el día 4 de febrero de 1908, en el número 36, Upper Coventry Flats, South Kensington. Las personas que más lo trataron, aunque rehusaron manifestar una opinión en lo relativo a este escrito, afirman con unanimidad que era un hombre sobrio y de inteligencia de tipo científico, desprovisto por completo de imaginación, siendo por demás improbable que inventase una serie cualquiera de hechos irreales. El documento se halló dentro de un sobre, rotulado así: "Breve relato de los hechos ocurridos cerca de la granja de miss Allerton, en el Nort-West Derbyshire, durante la primavera del pasado año". El sobre estaba lacrado, y en la otra cara, escrito con lápiz, se leía lo siguiente:

Querido Seaton:
Quizá le interese, y acaso le duela, el saber que la incredulidad con que usted escuchó mi historia me ha impedido decir en otro momento una sola palabra de nuevo acerca del tema. Dejo este relato para después de mi muerte, siendo posible que algunos desconocidos ten-

gan en mí una confianza mayor que la que tuvo un amigo mío.

No han tenido éxito mis averiguaciones para poner en claro quién pudo ser este Seaton. Agregaré que ha podido probarse de manera terminante que el difunto visitó la granja de Allerton, y, en términos generales, la índole de las alarmas que hubo en ese lugar, con independencia del relato que hace el autor. Después de este exordio, paso a copiar el documento tal como él lo escribió. Tiene forma de Diario, y algunas de sus anotaciones fueron ampliadas, mientras que otras pocas fueron borradas.

Abril 17.

Estoy ya sintiendo los beneficios de estos magníficos aires de las tierras altas. La granja de los Allerton queda a catorce mil veinte pies sobre el nivel del mar, de modo que existen razones para que el clima sea reparador. Fuera de mis accesos matinales corrientes de tos, experimento muy pocas molestias y, entre la leche recién ordeñada y el carnero criado en la granja misma, creo que tengo muchas probabilidades de ganar en peso. Espero dejar complacido a Saunderson.

Las dos señoritas Allerton son dos mujercitas extrañas y cariñosas, dos solteronas muy trabajadoras, dispuestas siempre a emplear generosamente, con un inválido desconocido, el corazón que hubieran podido dedicar a un marido y a unos hijos suyos. Las solteronas son, sin duda, personas muy útiles y constituyen una de las fuerzas de reserva de la comunidad humana. Se habla de las mujeres superfluas, pero ¿qué sería del pobre hombre superfluo sin la cariñosa presencia de aquéllas? A propósito, estas dos mujeres sencillas tardaron muy poco en dar a conocer el porqué Saunderson me había recomendado su granja. Este profesor es también hombre salido de las filas, y creo que en su juventud anduvo por estos campos no mucho mejor vestido que un espantapájaros.

El lugar es muy apartado y solitario, y los paseos resultan extraordinariamente pintorescos. La granja comprende tierras de pastoreo en el fondo de una cañada o valle estrecho irregular. A uno y otro lado de la cañada se alzan las fantásticas colinas de piedra caliza, formadas por una roca tan blanda que se puede romper con las manos. Toda la región está llena de oquedades. Si fuese posible golpearla con algún martillo gigantesco retumbaría lo mismo que un tambor, si es que no se hunde por completo y deja al descubierto algún enorme mar subterráneo. Que existe un mar subterráneo, no cabe duda, porque los arroyos se pierden por todas partes en la montaña misma y ya no vuelven a reaparecer. Hay por todas partes bocas abiertas en la roca, y entrando por ellas se encuentra uno dentro de grandes cavernas, que penetran hasta las entrañas de la tierra. Yo dispongo de una pequeña linterna de bicicleta, y constituye un constante gozo para mí el entrar con ella en esas extrañas soledades, para contemplar los maravillosos juegos de plata y de negrura que se producen cuando proyecto su luz sobre las estalactitas que cuelgan en pliegues de los altos techos. Cierra uno la lámpara, y se ve rodeado de las más negras tinieblas. La abre, y se le presenta un escenario propio de las mil y una noches.

Pero una de esas extrañas aberturas o cuevas despiertan un interés especial, porque es obra de la mano del hombre y no de la naturaleza. Cuando llegué a esta región no había oído hablar nunca de Juan Azul. Ese nombre se da a un mineral característico, de una preciosa tonalidad morada, que sólo se ha descubierto en uno o dos lugares del mundo. Es tan raro ese mineral, que un jarrón corriente de Juan Azul se tasaría en un precio muy elevado. Los romanos, llevados por su extraordinario instinto, descubrieron que era posible hallarlo en esta cañada y perforaron una profunda galería horizontal en el costado de la montaña. La apertura de su mina es conocida con el nombre de la cueva de Juan Azul, y forma un arco perfecto en la roca, con una entrada cubierta de arbustos y hierbas. La galería que abrieron los romanos es peligrosa y corta. En su desarrollo se encuentran algunas grandes cavernas excavadas por las aguas, de manera que quien intente penetrar en la cueva de Juan Azul hará bien en ir marcando el camino y en llevar una buena provisión de velas, porque de otro modo, es posible que no vuelva a salir jamás a la luz del día. Todavía no he penetrado mucho en la cueva, pero hoy mismo estuve en la boca del túnel en forma de arco, y después de intentar penetrar con la mirada en los espacios tenebrosos que quedan más allá, hice voto de que, cuando recobre la salud, dedicaré algunas vacaciones a explorar las simas misteriosas y a descubrir por mí mismo hasta qué profundidad penetraron los romanos en las montañas del Derbyshire.

¡Qué extrañamente supersticiosos son estos campesinos! Yo no habría creído nunca tal cosa en el joven Armitage, que es hombre de cierta cultura y personalidad, muy refinado para la posición social que tiene en la vida. Me hallaba yo en la boca de la cueva de Juan Azul cuando se me acercó, después de cruzar el campo, y me dijo:

—Doctor, veo que usted no conoce el miedo.

—¡El miedo! ¿de qué habría de tenerlo? —le contesté.

Armitage apuntó con un respingo de su dedo pulgar hacia la negra caverna, y contestó:

—De eso. Del ser espantoso que vive dentro de la cueva de Juan Azul.

¡De qué manera más absurdamente fácil surge una leyenda en las regiones aisladas y solitarias! Le hice preguntas al joven acerca de los motivos que tenía para su absurda creencia. Dijo que desaparecen de cuando en cuando los animales lanares que pastan en estos campos, y, según Armitage, es que hay alguien que se los lleva. No hubo manera de que aceptase la explicación de que esas ovejas desaparecidas se pudieron extraviar por sí solas, perdiéndose entre las montañas. En cierta ocasión, se descubrieron un charco de sangre y algunos mechones de lana. Le dije que también eso podía explicarse de una manera muy natural. Además, los animales desaparecían siempre en noches muy oscuras, nubosas y sin luna. Le repliqué con la explicación evidente de que los vulgares ladrones de ovejas elegirían naturalmente esa clase de noches para operar. En otra ocasión abrieron un agujero en una pared, y algunas de las piedras quedaron desparramadas a mucha distancia. Opiné que eso era obra de la mano del hombre. Por último, Armitage enlazó todos sus razonamientos, asegurándome que él, con sus propias orejas, había oído al monstruo. Sí, señor, y cualquiera podría oírlo si permanece en la boca de la cueva el tiempo suficiente. Yo no pude menos que sonreírme al oír aquello, sabiendo como sé que un sistema subterráneo de corrientes de agua entre los abismos de una formación caliza produce extrañas reverberaciones de sonido. Mi incredulidad dejó mohíno a Armitage. Se alejó de mí con algo de brusquedad.

Llegamos ahora al punto más extraño de todo el caso. Me encontraba yo todavía próximo a lã boca de la caverna, dando vueltas en mi cerebro a las varias afirmaciones de Armitage, y diciéndome cuán fácil tarea resultaba la de explicarlas, cuando súbitamente, desde lo profundo del túnel que tenía a mi lado, llegó hasta mis oídos un ruido por demás extraordinario. ¿Cómo lo describiré? En primer lugar, parecía venir desde muy lejos, desde lo profundo de las entrañas de la tierra. En segundo lugar, y a pesar de esa impresión de distancia, era muy fuerte. Por último, no consistía en un retumbo, ni en un crujido, ideas ambas que uno asocia con la caída de agua o con el rodar de las rocas. Era un sonido penetrante, trémulo y lleno de vibraciones; algo que sugería el relincho de un caballo. Aquello constituía, desde luego, un hecho extraordinario que, de momento al menos, debo reconocerlo, presentaba en un nuevo aspecto lo que me había dicho Armitage. Esperé cerca de la boca de la cueva de Juan Azul durante más de media hora, pero ya no volvió a escucharse ese ruido, de modo que terminé por regresar a la casa de la granja, bastante intrigado por lo que había ocurrido.

Estoy resuelto a explorar aquella caverna cuando recupere mis fuerzas. Naturalmente, que la explicación de Armitage resulta demasiado absurda para tomarla en serio; sin embargo, no se puede negar que aquel ruido era por demás extraordinario. Todavía me parece escucharlo mientras escribo estas líneas.

Abril, 20.

Llevo realizadas varias excursiones hasta la cueva de Juan Azul en los últimos tres días, e incluso he penetrado un corto trecho en ella; pero mi linterna de bicicleta es tan pequeña y tan débil que no me arriesgo muy adentro. Lo realizaré de una manera más sistemática. No he vuelto a oír el menor ruido, y casi he llegado a creer que he sido víctima de alguna alucinación, producida quizá como consecuencia de la conversación sostenida con Armitage. Desde luego, todo ello es absurdo; sin embargo, no tengo más remedio que reconocer que estos arbustos de la entrada de la cueva producen la impresión de que algún animal de mucho peso se hubiese abierto paso a la fuerza por entre ellos. Empiezo a sentir un vivo interés. Nada he dicho a las señoritas Allerton, porque bastante supersticiosas son ya; pero sí que he comprado algunas velas, y tengo el propósito de llevar a cabo investigaciones por mí mismo.

Esta mañana me fijé en que entre los numerosos mechones de lana de oveja que hay en los arbustos de las proximidades de la caverna había uno manchado de sangre. Claro está que mi razón me hace ver que si una oveja se mete por estos lugares rocosos tiene mucha probabilidad de producirse heridas. A pesar de todo, aquella salpicadura de rojo me produjo una súbita sorpresa desagradable y me obligó por un instante a retroceder horrorizado, alejándome del viejo arço romano. Un aliento fétido parecía brotar desde las negras profundidades en que yo hubiera querido penetrar con la vista. ¿Sería realmente posible que acechase desde más adentro algún ser innominado, algún monstruo espantoso? Antaño, cuando yo era un hombre fuerte, habría sido incapaz de dejarme llevar por esa clase de sentimientos, pero cuando uno pierde la salud se vuelve más nervioso y más expuesto a imaginar fantasías.

De momento sentí flaquear mi resolución, y parecí dispuesto a dejar que el secreto de la vieja mina, si es que existe siguiese oculto. Pero esta noche he vuelto a sentir el interés de antes, y mis nervios se han hecho más fuertes. Confío en que mañana penetraré más a fondo en el problema.

Abril 22.

Vamos a ver si logro poner por escrito con la mayor exactitud posible el extraordinario hecho que me ocurrió ayer. Salí por la tarde y me dirigí a la cueva de

Juan Azul. Confieso que cuando me puse a mirar hacia sus profundidades volvieron a despertarse mis recelos y me pesó el no haberme hecho acompañar por otra persona en mi exploración. Por último, al robustecer de nuevo mi resolución, encendí una vela, me abrí camino por entre los escaramujos y bajé hasta el pozo de mina abierto en la roca.

La galería bajaba en ángulo recto en un trecho de unos cincuenta pies, y el suelo estaba recubierto de piedras rotas. Desde allí arrancaba un pasillo largo y estrecho, abierto en la roca sólida. Yo no soy geólogo, pero puedo afirmar con seguridad que el revestimiento de esa galería era de un material más duro que la piedra caliza, porque en algunos sitios pude ver las señales dejadas por las herramientas empleadas por los antiguos mineros en sus excavaciones, y que estaban tan frescas como si se hubiesen hecho el día anterior. Avancé dando tropezones por aquel pasillo extraño, de un mundo antiguo. La débil llama de mi vela proyectaba a mi alrededor un círculo de luz crepuscular que contribuía a dar un aspecto más amenazador y tétrico a las sombras que se alzaban más allá.

Llegué por último a un lugar en el que el túnel abierto por los romanos desembocaba en una caverna excavada por las aguas. Constituía un salón inmenso, del que colgaban largos carámbanos blancos, formados por depósitos calizos. Distinguí confusamente desde aquella cámara central una cantidad de pasadizos abiertos por las corrientes subterráneas de agua que penetraban hasta perderse en las profundidades de la tierra. Me encontraba en ese lugar, dudando entre volver sobre mis pasos o aventurarme a penetrar todavía más en el peligroso laberinto, cuando mi mirada tropezó con algo que había a mis pies y que me llamó poderosamente la atención.

La mayor parte del piso de la caverna estaba cubierta de guijarros y de duras incrustaciones de cal, pero en ese sitio precisamente había caído una gotera desde el elevado techo, dejando un trozo de barro blanduzco. En el centro mismo de esa superficie se veía una huella enorme, una marca mal definida, profunda, ancha e irregular, como si allí hubiese caído una piedra muy grande. Sin embargo, no se veía alrededor ninguna piedra suelta, ni indicio alguno que pudiera explicar aquella huella. Era demasiado grande para ser producida por algún animal conocido y, además, sólo se veía una huella, aunque la superficie de barro era lo bastante espaciosa para poder salvarla de una sola zancada. Debo confesar que al enderezarme, después de examinar aquella extraña huella, miré en torno mío hacia las sombras negras que me envolvían y sentí por un instante que el corazón me daba un vuelco desagradable, y que, por más que yo me esforzaba en evitarlo, la vela temblaba en mi mano extendida.

Sin embargo, no tardé en recobrar mi serenidad, reflexionando en lo absurdo que resultaba el asociar aquella enorme y disforme marca con la pisada de alguno de los animales conocidos. Ni siquiera un elefante habría podido producirla. Me dije, pues, que ningún miedo difuso e irracional me impediría llevar a delante mi exploración. Antes de seguir adelante, tomé buena nota de una curiosa formación de rocas que había en la pared y que me serviría para reconocer la entrada al túnel romano. Era una precaución muy necesaria, porque la gran cueva, por lo que yo podía advertir, estaba cortada por diferentes pasillos. Una vez adquirida la seguridad de mi situación, y reafirmado mi ánimo mediante el examen de las velas de repuesto y de las cerillas que llevaba, avancé con lentitud por la superficie rocosa y desigual de la cueva.

Llego ahora al punto en que me ocurrió el inesperado e irreparable desastre. Encontré cortado mi camino por una corriente de agua de unos veinte pies de anchura, y caminé un trecho por la orilla, a fin de descubrir algún sitio en el que pudiera cruzarla sin descalzarme. Llegué, por último, a un lugar en el que una única piedra plana que quedaba hacia la mitad sobresalía del agua y a la que yo calculé podría llegar de una sola zancada. Pero la roca había sido comida por las aguas en su base, de modo que, al poner yo en ella mi pie, se tumbó de costado y me precipitó dentro de aquellas aguas extremadamente heladas. Se me apagó la vela, y me encontré tanteando en medio de una oscuridad total y absoluta.

Volví a ponerme de pie, más bien divertido que alarmado por mi aventura. La vela se me había escapado de las manos perdiéndose en el arroyo, pero llevaba en el bolsillo otras dos, y saqué mi caja de cerillas para encender una. Sólo entonces comprendí mi situación. Al caer yo al agua, la caja de cerillas había resultado empapada, y me fue imposible encender alguna.

Al comprender mi estado sentí como que una mano de hielo me apretaba el corazón. La oscuridad era opaca y horrible. Resultaba tan absoluta que, al levantar la mano para acercarla a la cara producía la impresión de que se palpaba una cosa sólida. Permanecí sin moverme, y logré, mediante un esfuerzo de voluntad, recobrar la calma. Traté de rehacer en mi mente un mapa del suelo de la caverna tal como lo había visto hacía un instante. Por desgracia, los detalles que habían quedado grabados en mi imaginación estaban todos a gran altura en las paredes, y no me era posible descubrirlos al tacto. Sin embargo, recordé de una manera general la situación de esas paredes y me animó la esperanza de que, tanteándolas, llegaría por fin a la abertura del túnel romano. Moviéndome con mucha lentitud, y golpeando constantemente las rocas, me lancé a mi desesperada búsqueda.

No tardé, sin embargo, en comprobar que mi empeño era imposible. En aquella oscuridad tenebrosa y aterciopelada, se perdían instantáneamente las orientaciones. No había caminado una docena de pasos, y ya me encontraba totalmente desconcertado acerca de mis andanzas. El murmullo de la corriente, único ruido que se oía, me indicó mi situación; pero en el momento mismo en que me aparté de su orilla me vi perdido por completo. La pretensión de desandar mi camino, en medio de aquella absoluta oscuridad y en aquel laberinto de piedra caliza, era evidentemente imposible.

Me senté encima de un peñazco y medité en mi desdichada situación. No había dicho a nadie que pensaba penetrar en la mina de Juan Azul, y no era, por tanto, probable que se organizase una expedición para buscarme. Tenía, pues, que contar únicamente con mis propios recursos para salir indemne del peligro. Me cabía una esperanza: la de que las cerillas se secasen. Sólo la mitad de mi cuerpo quedó empapado de agua al caer dentro del arroyo. Mi hombro izquierdo había permanecido fuera. Saqué, pues, mi caja de cerillas y la coloqué en mi axila izquierda. Quizá el calor de mi cuerpo pudiera contrarrestar la humedad del aire de la caverna; pero aún así, yo sabía que tendrían que pasar muchas horas para poder encender una cerilla. Entre tanto, no me quedaba otro recurso que esperar.

Quiso mi buena suerte que antes de salir de la casa de la granja me echase al bolsillo varios bizcochos. Los devoré, y me eché un trago de agua de aquel lamentable arroyo que era la causa de todas mis desgracias. Acto continuo, tanteé entre las rocas, buscando un lugar cómodo en que sentarme. Una vez que hube encontrado sitio para apoyar mi espalda, alargué las piernas y me dediqué a esperar. Me molestaban mucho la humedad y el frío, pero traté de darme ánimos diciéndome que la ciencia moderna prescribía las ventanas abiertas y los paseos, con cualquier tiempo que hiciese, para curar mi enfermedad. Gradualmente, arrullado por el monótono murmullo del arroyo, y por la oscuridad total, caí en un sueño intranquilo.

Ignoro el tiempo que duró. Quizá transcurrió una hora, o quizá varias. Súbitamente me erguí en mi cama de piedra, con todos los nervios vibrando, y todos mis sentidos alertados. Sin duda alguna yo había oído un ruido: uno muy diferente al de las aguas. Ese ruido había cesado, pero seguía vibrando dentro de mis oídos. ¿Se trataría de una expedición que venía en mi busca? En ese caso habrían lanzado gritos con toda seguridad, y por confuso que resultara el que me había despertado era un ruido muy diferente de la voz humana. Permanecí sentado anhelante y sin atreverme casi a respirar. ¡Otra vez el ruido! ¡Y otra más hasta convertirse en continuo! Eran pasos; sí, con toda seguridad eran pasos de algún ser viviente. ¡Pero qué pasos aquellos! Daban la impresión de un peso enorme transportado sobre unos pies esponjosos y producían un sonido apagado, pero que retumbaba en los oídos. La oscuridad seguía siendo absoluta, pero los pasos eran regulares y resueltos. Y esos pasos, sin duda venían en mi dirección.

La piel se me escalofrió, y todos mis cabellos se erizaron oyendo las pisadas firmes y potentes. Allí había algún animal y, a juzgar por la velocidad de su avance, era un ser que veía en la oscuridad. Me agazapé, pegándome al suelo, en un esfuerzo por confundirme con él. Las pisadas se oyeron más cerca, se detuvieron, y de pronto llegó hasta mis oídos el ruido de lengüetazos y de gorgoteos. Aquel animal bebía en el arroyo. Se produjo de nuevo el silencio, roto únicamente por una sucesión de largos olfateos y bufidos de un volumen y energía tremendos. ¿Había captado mi presencia? Mis narices aspiraban, desde luego, un olor fétido, irrespirable y repugnante. Volví a escuchar las pisadas, esta vez en la orilla del arroyo en que yo estaba. A pocas yardas de mí se oyó un estrépito de piedras. Me agazapé en mi roca sin respirar casi. De pronto las pisadas se fueron alejando. Oí chapoteos, como si el animal cruzase la corriente de agua, y después el ruido fue muriendo a lo lejos, en la dirección por donde había venido.

Permanecí largo tiempo sobre la roca, porque el horror que sentía me impedía moverme. Me acordé del ruido que había escuchado desde la entrada de la caverna y que procedía de sus profundidades; me acordé de los temores de Armitage, de la extraña huella en el barro y, como coronamiento de todo y como prueba absoluta de que existía en efecto algún monstruo inconcebible, de una cosa totalmente del otro mundo y totalmente espantosa, que se escondía y acechaba en el interior de la montaña hueca. No podía imaginarme ni su naturaleza ni sus formas, aparte de que era al mismo tiempo gigantesco y de pies como consistentes. La lucha entre mi razón, que me decía que eran imposibles esas cosas, y mis sentidos, que me aseguraban su existencia, seguía furiosa en mi interior, mientras estaba allí tumbado en el suelo. Llegué, por último, a convencerme casi de que aquello no era sino una parte de alguna siniestra pesadilla, porque mi estado físico anormal era capaz de haber creado una alucinación. Pero me quedaba una última experiencia que arrancaría la última posibilidad de duda de mi cerebro.

Saqué las cerillas de debajo de mi axila y las palpé; me produjeron la impresión de estar secas y duras. Me agaché hasta una hendidura de las rocas y probé encender una. Con gran alegría de mi corazón, prendió en el acto. Encendí la vela y después de dirigir una ojeada de espanto hacia atrás, tratando de penetrar en

93

las profundidades lóbregas de la caverna, me precipité hacia el túnel romano. Al hacerlo tuve que cruzar por el espacio cubierto de barro en el que anteriormente había encontrado la enorme huella. Volví a quedarme inmóvil, preso de asombro, porque en su superficie descubrí otras tres similares, enormes de tamaño, irregulares de silueta, y de una profundidad que daba a entender el gran peso que las había producido. Se apoderó de mí un terror espantoso. Agachado y protegiendo mi vela con la mano, corrí, presa de un miedo frenético hasta el túnel rocoso, seguí corriendo y no me detuve hasta que, con los pies doloridos y mis pulmones jadeantes, trepé por la cuesta pedregosa final. Me abrí paso violentamente por la maraña de arbustos y me dejé caer agotado sobre el suave césped, bajo la sosegada luz de las estrellas. Cuando llegué a la casa de la granja eran las tres de la mañana, y hoy me encuentro fláccido y tembloroso, después de mi terrible aventura. Aún no se la he contado a nadie. Debo proceder en este asunto con precaución. ¿Qué irían a pensar estas pobres mujeres solitarias, o estos palurdos incultos, si yo les contara lo que me ha ocurrido? Hablaré con alguien que sea capaz de comprender y de aconsejar.

Abril 25.

Permanecí en cama dos días después de mi increíble aventura de la caverna. Empleo el adjetivo increíble en un sentido muy literal, porque, con posterioridad a mi primera experiencia, he tenido otra que me ha producido casi tanto terror como aquélla. He dicho que buscaba alguien que pudiera aconsejarme. A pocas millas de distancia de la granja tiene su consulta un médico llamado Mark Johnson, para el que traje una carta de recomendación que me entregó el profesor Saunderson. Cuando me sentí con fuerzas suficientes para salir de casa, me hice llevar hasta su consulta, y procedió a realizar un examen cuidadoso de mi organismo, fijándose de una manera especial en mis reflejos·y en las pupilas de mis ojos. Cuando terminó su examen, se negó a referirse a mi aventura, alegando que era cosa que se salía de sus posibilidades; pero me entregó la tarjeta de un míster Picton, de Castleton, aconsejándome que marchase inmediatamente a visitar a este señor para contarle mi historia tal como se la había relatado a él. Me aseguró que era justo el hombre que estaba, más que nadie, en condiciones de ayudarme. En vista de eso, me dirigí a la estación y me trasladé hasta la pequeña ciudad, que se encuentra a unas diez millas de distancia.

Debía de ser el señor Picton a todas luces un personaje importante, porque su rótulo metálico lucía en la puerta de un edificio de categoría, en las afueras de la población. Iba ya a llamar, pero me acometió de pronto cierto recelo; crucé la calle y me dirigí a una tienda que había allí cerca, y le pregunté al hombre que había detrás del mostrador si podía darme algún informe acerca de míster Picton. Él me contestó: ¡Vaya que si puedo! Es el mejor médico de locos que existe en el Derbyshire, y su asilo está allá enfrente. Se comprenderá que tardé muy poco en sacudir de mis pies el polvo de Castleton. Regresé a la granja maldiciendo a todos los pedantes faltos de imaginación, que son incapaces de concebir la posibilidad de que existan en el mundo cosas que nunca tuvieron la oportunidad de cruzarse con sus pupilas de topos. Después de todo, ahora que ya me he serenado, estoy dispuesto a reconocer que yo no mostré hacia Armitage una simpatía mayor que la que a mí me mostró el doctor Johnson.

Abril 27.

Siendo yo estudiante, tenía fama de ser hombre valeroso y emprendedor. Recuerdo que en cierta ocasión en que varias personas anduvieron en Coltbridge a la caza de un fantasma, fui yo quien permaneció en la casa embrujada. No sé si son los años (aunque después de todo, sólo tengo treinta y cinco) o si es esta enfermedad mía la que me ha hecho degenerar. Mi corazón tiembla, sin duda alguna, cuando me pongo a pensar en la horrible caverna de la montaña, y en la certidumbre de que está habitada por algún monstruoso inquilino. ¿Qué debo hacer? A todas horas me planteo esa pregunta. Si yo me callo, el misterio seguirá siendo misterio. Si digo algo, voy a despertar una alarma loca por toda esta región, o voy a encontrar una incredulidad absoluta, cuya consecuencia podría ser el meterme en un manicomio. Después de todo, creo que lo mejor que puedo hacer es esperar, preparándome para alguna excursión mejor pensada y calculada que la otra. Como paso preliminar, he ido a Castleton y me he proporcionado varios elementos esenciales: una gran lámpara de acetileno en primer lugar, y, en segundo, un buen rifle deportivo de dos cañones. Este último lo he alquilado, pero he comprado una docena de cartuchos para caza mayor, capaces de matar a un rinoceronte. Ya estoy preparado para entendérmelas con mi amigo el troglodita. A lo que mejore mi salud y recupere una chispa de energía pienso llegar con él a soluciones definitivas. ¿Pero quién es y de qué naturaleza? Esa es, precisamente, la cuestión que me quita el sueño. ¡Cuántas teorías formo que voy descartando sucesivamente! Resulta un problema inimaginable. Sin embargo, la razón no puede pasar por alto aquel grito o relincho, las huellas de los pies, el caminar dentro de la caverna. Me pongo a meditar en las antiguas leyendas de dragones y otros monstruos. ¿Tendrán, acaso, menos de cuentos fantásticos que lo que nosotros pensamos? ¿No ocultarán quizá una realidad? En ese caso, sería yo el elegido entre todos los hombres para hacerla conocer al mundo.

Mayo 3.

Los caprichos de una primavera inglesa me han tenido inmovilizados por espacio de varios días; pero durante ellos han ocurrido nuevos hechos cuyo alcance verdadero y siniestro nadie más que yo está en condiciones de apreciar. He de decir que las noches últimas han sido nubosas y sin luna, es decir, idénticas a aquellas otras en las que, según los datos que poseo, desaparecían las ovejas. Pues bien, también ahora han desaparecido. Dos pertenecían a la granja de las señoritas Allerton, una a la del viejo Pearson, de Cat Walk, y otra a la de la señora Moulton. Cuatro en tres noches. De las ovejas desaparecidas no ha quedado el menor rastro, y por toda la región no se habla de otra cosa que de gitanos y de ladrones de ovejas.

Pero ha ocurrido algo que es más grave que todo eso. Ha desaparecido también el joven Armitage. Salió de su casita del páramo a primera hora de la noche del miércoles, y nada ha vuelto a saberse de él. Era hombre que no tenía lazos de familia, y por eso su desaparición ha impresionado menos que si los hubiese tenido. La explicación que circula entre la gente es que estaba endeudado y que encontró colocación en alguna otra zona del país, desde la que no tardará en escribir pidiendo que le envíen sus pertenencias. Sin embargo yo siento graves recelos. ¿No es mucho más probable que esta última tragedia de las ovejas desaparecidas lo haya impulsado a dar algunos pasos que le han acarreado la muerte? Quizá estuvo, es una suposición, al acecho de la bestia y ésta se lo llevó a sus escondrijos del interior de las montañas. ¡Qué final inconcebible para un inglés civilizado del siglo XX! Sin embargo, yo tengo la sensación de que es posible y hasta probable que haya ocurrido eso. Pero en tal caso, ¿hasta qué punto dejo de ser responsable de la muerte de ese hombre y de cualquier otra desgracia que pueda ocurrir? Sabiendo lo que yo sé, no cabe duda de que es mi deber el que se tome alguna medida, o que la tome yo, si no hay más remedio. Me he decidido por lo último, y esta mañana me presenté en el puesto de Policía local y relaté mi historia. El inspector la copió en un libro voluminoso y después me acompañó hasta la puerta, despidiéndose de mí con una inclinación y con una seriedad digna de elogio; pero cuando yo caminaba por el sendero de su jardín llegaron a mis oídos sus carcajadas. No me cabe duda de que aquel hombre estaba contando mi aventura a los miembros de su familia.

Junio 10.

Escribo lo que sigue, incorporado en mi cama, seis semanas después de la última anotación que hice en este diario. Un hecho que me ha ocurrido y que sólo en alguna rara ocasión ocurrió con anterioridad a otro ser humano, me ha dejado terriblemente quebrantado de alma y de cuerpo. Pero he conseguido lo que me proponía. Los peligros que suponía el animal espantoso que se cobijaba en la caverna de Juan Azul han desaparecido para siempre. Yo, pobre inválido, he llevado a cabo por lo menos esa hazaña en bien de la comunidad. Voy a relatar el suceso lo más claramente que me sea posible.

La noche del viernes 3 de mayo fue oscura y nubosa; era, pues, una noche tal y como le convenía al monstruo para salir. Me puse en camino a eso de las once, con mi linterna y mi rifle; pero antes dejé sobre la mesita de mi dormitorio una carta en la que decía que, en caso de desaparecer yo, se me buscase por los alrededores de la cueva. Me dirigí a la boca del túnel romano, y después de encaramarme entre las rocas próximas a la entrada cerré el foco de mi linterna y esperé pacientemente, teniendo a mano el rifle cargado.

Fue una vigilia melancólica. Divisaba a lo largo de la cañada serpenteante las luces, desparramadas aquí y allá, de las casas de la granja, y llegaba débilmente hasta mis oídos el campaneo del reloj de la iglesia de Chapel-le Dale al dar las horas. Esas pruebas de existencia de otros hombres no hacían sino acrecentar mi sensación de soledad, exigiendo de mí un esfuerzo mayor para sobreponerme al terror que me acometía continuamente y que me impulsaba a regresar a la granja, abandonando para siempre aquella búsqueda peligrosa. Pero en lo más profundo de cada hombre está enraizado el respeto de sí mismo, y ese sentimiento hace que le sea muy duro el retroceder cuando se ha lanzado a una empresa. Ese sentimiento de orgullo personal fue en esta ocasión el que me salvó, y únicamente gracias a él me mantuve en mi puesto, aunque todos mis instintos me arrastraban fuera de aquel lugar. Ahora me alegro de mi fortaleza. Aunque sea mucho el precio que he tenido que pagar, mi hombría, por lo menos, ha quedado libre de toda censura.

En la iglesia lejana dieron las doce, la una y las dos. Eran las horas de mayor oscuridad. Las nubes se deslizaban a poca altura y ni una sola estrella se descubría en el firmamento. Allá por las rocas graznaba una lechuza, sin que se oyese otro sonido fuera del suave suspirar del viento. ¡Y, de pronto, lo oí! Desde las lejanas profundidades del túnel me llegó el ruido sordo de aquellas pisadas tan blandas y sin embargo tan pesadas. Oí también el crujir de piedras que cedían bajo aquellos pies gigantescos. Se fueron acercando más y más. Ya las oía cerca de mí. Chasquearon los arbustos que rodeaban la boca de la cueva, y tuve la sensación de que se dibujaba de una manera borrosa, en la oscuridad, una figura enorme, la silueta de un ser monstruoso e informe, que salió, rápido y muy silencioso, del túnel. El miedo y el asombro me paralizaron. Después de la larga espera, cuando la tremenda sorpresa llegó, me encontró desprevenido. Permanecí inmóvil y sin respirar, mientras aquella enorme masa negra pasaba rápida por mi lado y se la tragaba la oscuridad de la noche.

Pero dominé mis nervios para cuando el animal volviese a la caverna. En toda la región circundante, entregada al sueño, no se oyó ruido alguno que delatase la presencia del ser espeluznante que andaba suelto. No disponía de recurso alguno para calcular a qué distancia se encontraría, qué estaba haciendo, o el momento de su regreso. Pero no me fallarían otra vez los nervios, ni perdería por segunda vez la ocasión de hacerle sentir mi presencia. Me lo juré entre dientes, al mismo tiempo que depositaba mi rifle con el gatillo levantado encima de la roca.

Pues con todo eso, casi vuelve a ocurrir lo mismo. Ninguna advertencia tuve de que el monstruo se aproximaba caminando sobre la hierba. Súbitamente volvió a surgir ante mí una sombra negra y deslizante; el enorme volumen se dirigía hacia la entrada de la caverna. De nuevo mi dedo permaneció agarrotado e impotente junto al gatillo, en un ataque de parálisis de mi voluntad. Pero realicé un esfuerzo desesperado para reaccionar. En el momento en que rechinaban los arbustos y la bestia monstruosa se confundía con la oscuridad de la boca de la cueva, hice fuego. Al resplandor del disparo pude captar la visión de una gran masa hirsuta, de algo revestido de una pelambre áspera y cerdosa, de color blanquecino, que se convertía en blanco en sus miembros inferiores. El tranco enorme del cuerpo se apoyaba en patas cortas, gruesas y encorvadas. Apenas si tuve tiempo de percibir eso, porque el animal se metió en su madriguera con gran estrépito de piedras arrancadas a su paso. Instantáneamente, por efecto de una reacción eufórica de mis sentimientos, me desprendí de mis miedos, descubrí el foco de mi potente linterna, empuñé el rifle, salté desde mi roca y corrí tras el monstruo por el viejo túnel romano.

Mi magnífica lámpara proyectaba delante de mí un torrente de viva luminosidad, muy distinto del apagado resplandor amarillo que doce días antes me había ayudado a avanzar por aquel mismo pasillo. Sin dejar de correr, descubrí a la enorme bestia que avanzaba delante mío, obstruyendo con su enorme cuerpo todo el hueco, de pared a pared. El pelo del animal parecía como de burda estopa de cáñamo, y le colgaba en largos y tupidos mechones que tomaban un movimiento pendular cuando él se movía. Por su vellón se le hubiera calificado de enorme carnero sin esquilar; pero su tamaño excedía al del más voluminoso elefante, y su anchura parecía casi tanta como su estatura. Ahora que pienso en ello, me produce asombro el que yo me atreviera a marchar por las entrañas de la tierra persiguiendo a tan terrible monstruo; pero cuando le hierve a uno la sangre y se tiene la impresión de que la pieza de caza huye, se despierta dentro de uno el atávico espíritu del cazador y se prescinde de toda prudencia. Corrí a todo lo que daban mis piernas, siguiendo al monstruo con mi rifle en la mano.

Había tenido la ocasión de comprobar que el animal era veloz, y ahora iba a descubrir a mis propias expensas que también era muy astuto. Me había imaginado que huía presa de pánico, y que no me quedaba otra cosa por hacer que perseguirlo. Ni por un momento surgió en mi cerebro exaltado la idea de que pudiera volverse contra mí. He explicado ya que el túnel por el que yo avanzaba corriendo desemboca en una gran caverna central. Me precipité en su interior, temiendo que la bestia se me perdiera. Pero ya no huía, sino que dio media vuelta y un momento después estábamos cara a cara.

Aquel cuadro, visto a la luz brillante y blanca de la linterna, ha quedado para siempre grabado en mi cerebro. El animal se había erguido sobre sus patas traseras, como pudiera hacerlo un oso, y me dominaba con su estatura enorme y amenazadora. Ni en mis pesadillas había aparecido ante mi imaginación un monstruo semejante. He dicho que se irguió lo mismo que un oso, y, en efecto, producía cierta impresión de oso –si es posible imaginarse un animal de esa clase de un volumen diez veces mayor que cualquiera de los osos conocidos– en el conjunto de su postura y actitud, en sus grandes y torcidas patas delanteras armadas de garras de un color marfileño, en su piel afelpada y en su boca roja y abierta, dotada de monstruosos colmillos. Sólo en una cosa se diferenciaba de un oso y de cualquier otro animal de los que caminan por la tierra; una cosa que en aquel momento supremo me produjo espanto al descubrirla: sus ojos, que reflejaban la luz de mi propia linterna, y que consistían en unas bulbosidades voluminosas y salientes, blancas y sin visión. Las grandes garras oscilaron un instante por encima de mi cabeza y cayeron sobre mí; la linterna se quebró al chocar con el suelo, y ya no recuerdo nada más.

. . . .

Cuando recobré el conocimiento me encontraba en la granja de las Allerson. Habían transcurrido un par de días desde mi espantosa aventura en el interior de la cueva de Juan Azul. Por lo visto, permanecí toda la noche dentro de la caverna, caído en el suelo e insensible, por efecto de una conmoción cerebral, con dos costillas y el brazo izquierdo malamente fracturados. Descubrieron por la mañana la carta que yo había dejado, se reunieron doce campesinos para formar una expedición de búsqueda, siguieron mi huella y me transportaron a mi dormitorio, donde había permanecido presa de una fiebre delirante. Por lo visto, no se descubrió rastro alguno del animal, ni tampoco manchas de sangre que indicasen que mi disparo había dado en el blanco. No había nada que demostrara la veracidad de mis relatos, fuera de mi propia afirmación y de las huellas impresas en el barro.

Han transcurrido seis semanas y estoy ya en condiciones de sentarme al sol. Frente a mí se alza la escarpada ladera del monte, formada de rocas grises y quebradizas, y allá, en el costado de esas rocas, está la negra hendidura que marca la boca de la cueva de Juan Azul. Pero ya no inspira terror: por ese túnel de mal agüero no volverá a salir al mundo de los seres humanos ningún monstruo espantable y extraño. Las personas cultas y científicas, los doctores Johnson y otros, se sonreirán al leer este relato; pero las gentes humildes de aquellas tierras no han dudado nunca de que sea verdad. Al siguiente día que yo recobrara el conocimiento, se congregaron por centenares alrededor de la cueva de Juan Azul. He aquí como lo relata el *Castleton Courier.*

Fue inútil que nuestro corresponsal, o alguno de los señores audaces que habían venido desde Matlock, Buxton y otros lugares, entraran en la caverna para llevar su exploración hasta el final y para poner de ese modo decisivamente a prueba el relato extraordinario del doc-

*tor James Harcastle. Los campesinos habían tomado en
sus manos el asunto, y desde primeras horas de la mañana estaban trabajando arduamente para cerrar la
boca del túnel. Al principio de la bocamina hay una
pendiente muy marcada y por ella muchas manos vo-
luntarias se dedicaron a dejar caer grandes cantos de
roca, hasta que la cueva quedó absolutamente tapiada.
De esa manera concluye el episodio que ha despertado
encontradas opiniones por toda esta zona. Por un lado,
hay gentes que hacen notar el mal estado de salud del
doctor Hardcastle, dejando entrever la posibilidad de
que lesiones cerebrales de origen tuberculoso hayan sido
las causantes de extrañas alucinaciones. Según estos
señores, el doctor se vio empujado por alguna idea fija
a meterse por el túnel, bastando la hipótesis de una
caída entre las rocas para explicar sus heridas. Por otro
lado, desde hace meses circulaba la leyenda de que
existía un ser extraño dentro de la cueva, y los campesinos encuentran la corroboración definitiva de esa leyenda en el relato del doctor Hardcastle y sus heridas.
Tal es la situación en que se encuentra el asunto, y en
ella seguirá, porque no creemos que exista ya solución
definitiva del problema. Una explicación científica de
los hechos que se alegan está fuera del alcance del
ingenio humano.*

Quizá el *Courier* hubiera debido enviar a su repre-
sentante a entrevistarse conmigo antes de publicar ese
suelto. Yo he meditado en el asunto como nadie ha
tenido ocasión de hacerlo, y es muy posible que pudiera
solventar algunas de las dificultades más inmediatas que
ofrece el relato llevándolo a un punto más fácil de ser
aceptado por la ciencia. Voy, pues, a dejar constancia de
la única explicación que me parece válida en lo que a mí
me consta sobre una serie de hechos reales, porque lo
he pagado a buen precio. Quizá mi teoría resulte dispa-

ratada e improbable; pero nadie podrá al menos, aventurarse a afirmar que es imposible.

Mi punto de vista –formado, como puede verse, por mi diario, antes de mi aventura personal– es que existe en esta parte de Inglaterra un gran mar o lago subterráneo, alimentado por gran número de arroyos cuyas aguas penetran a través de la piedra caliza. En todo lugar donde existe un gran caudal de agua almacenada, se produce también alguna evaporación, con nieblas o lluvia, y una posibilidad de vida vegetal. Esto sugiere a su vez la existencia de alguna vida animal, originada, al igual que la vegetal, de semillas y de tipos de seres vivos que surgieron en algún período primitivo de la historia del mundo, cuando resultaba más fácil la comunicación con la atmósfera exterior. El lugar en cuestión presenció el desarrollo de una fauna y de una flora propias entre aquélla figuraban monstruos como el que yo he visto, que pudiera muy bien ser el antiguo oso de las cavernas, enormemente desarrollado y modificado por el nuevo medio. Los seres del exterior y los del interior de la tierra, vivieron separados durante incontables edades, y fueron diferenciándose cada vez más. Posteriormente se produjo en las profundidades de la montaña alguna hendidura que hizo posible que uno de esos animales saliese por ella y, avanzando por el túnel romano, llegara hasta la superficie de la tierra. Ese animal, como todos los seres de la vida subterránea, había perdido su facultad visual; pero habría encontrado, sin duda, una compensación que la naturaleza le proporcionaría en otras direcciones. Poseería con seguridad el sentido de la orientación, que le permitía salir al exterior y cazar el ganado lanar que pastaba en la ladera del monte. En cuanto a que ese monstruo elegía las noches oscuras, sostengo la suposición de que la luz hería dolorosamente aquellos grandes globos blancos que sólo podían sufrir la oscuridad más absoluta y tenebrosa. Fue quizá el resplandor de mi linterna lo que me salvó la vida en aquel momento espeluznante en que estuvimos cara a cara. Esa es la explicación que doy del acertijo. Dejo constancia de los hechos, y quien se sienta capaz de explicarlos, que lo haga; y quien prefiera ponerlos en duda, está en su derecho. Ni su creencia ni su incredulidad pueden alterarlos, ni pueden tampoco afectar a un hombre cuya tarea se aproxima a su fin.

Así terminaba el extraño relato del doctor James Hardcastle.

EL GATO DEL BRASIL

E s una desgracia para un joven tener aficiones caras, grandes expectativas de riqueza, parientes aristocráticos, pero sin dinero contante y sonante, y ninguna profesión con que poder ganarlo. El hecho es que mi padre, hombre bondadoso, optimista y jactancioso, tenía una confianza tal en la riqueza y en la benevolencia de su hermano mayor, solterón, lord Southerton, que dio por hecho el que yo, su único hijo, no me vería nunca en la necesidad de ganarme la vida. Se imaginó que, aun en el caso de no existir para mí una vacante en las grandes posesiones de Southerton, encontraría, por lo menos, algún cargo en el servicio diplomático, que sigue siendo espacio cerrado de nuestras clases privilegiadas. Falleció demasiado pronto para comprobar todo lo equivocado de sus cálculos. Ni mi tío ni el estado se dieron por enterados de mi existencia, ni mostraron el menor interés por mi porvenir. Todo lo que me llegaba como recordatorio de ser el heredero de la casa de Otwell y de una de las mayores fortunas del país, eran un par de faisanes de cuando en cuando, o una canastilla de liebres. Mientras tanto, yo me encontré soltero y paseante, viviendo en un departamento de Grosvenor-Mansions, sin más ocupaciones que el tiro de pichón y jugar al polo en Hurlingham. Un mes tras otro fui comprobando que cada vez resultaba más difícil conseguir que los prestamistas me renovasen los pagarés, y obtener más dinero a cuenta de las propiedades que habría de heredar. Vislumbraba la ruina que se me presentaba cada día más clara, más inminente y más completa.

Lo que más vivamente me daba la sensación de mi pobreza era el que, aparte de la gran riqueza de lord Southerton, todos mis restantes parientes tenían una posición desahogada. El más próximo era Everard King, sobrino de mi padre y primo carnal mío, que había llevado en el Brasil una vida aventurera, regresando después a Inglaterra para disfrutar tranquilamente de su fortuna. Nunca supimos de qué manera la había hecho; pero era evidente que poseía mucho dinero, porque compró la finca de Greylands, cerca de Clipton-on-the-Marsh, en Suffolk. Durante su primer año de estancia en Inglaterra no me prestó mayor atención que mi avaricioso tío; pero una buena mañana de primavera, recibí con gran satisfacción y júbilo, una carta en que me invitaba a ir aquel mismo día a su finca para una breve estancia en Greylands Court. Yo esperaba por aquel entonces hacer una visita bastante larga al tribunal de quiebras, o Bankruptcy Court, y esa interrupción me pareció casi providencial. Quizá pudiera salir adelante si me ganaba las simpatías de aquel pariente mío desconocido. No podía dejarme por completo en la estacada, si valoraba en algo el honor de la familia. Di orden a mi ayuda de cámara de que dispusiese mi maleta, y aquella misma tarde salí para Clipton-on-the-Marsh.

Después de cambiar de tren a uno corto, en ese empalme de Ipswich, llegué a una estación pequeña y solitaria que se alzaba en una llanura de praderas atravesada por un río de corriente perezosa, que serpenteaba por entre orillas altas y fangosas, haciéndome comprender que la subida de la marea llegaba hasta allí. No me esperaba ningún coche (más tarde me enteré de que mi telegrama había sufrido retraso) y por eso alquilé uno en el mesón del pueblo. Al cochero, hombre excelente, se le llenaba la boca elogiando a mi primo, y por él me enteré de que el nombre de míster Everard King era de los que merecían ser traídos a cuento en aquella parte del país. Daba fiestas a los niños de la escuela, permitía el libre acceso de los visitantes a su parque, estaba suscrito a muchas obras benéficas y, en una palabra, su filantropía era tan universal que mi cochero sólo se la explicaba con la hipótesis de que mi pariente abrigaba la ambición de ir al parlamento.

La aparición de un ave preciosa que se posó en un poste de telégrafo, al lado de la carretera, apartó mi atención del panegírico que estaba haciendo el cochero. A primera vista me pareció que se trataba de un arrendajo, pero era mayor que ese pájaro y de un plumaje más alegre. El cochero me explicó inmediatamente la presencia del ave diciendo que pertenecía al mismo hombre a cuya finca estábamos a punto de llegar. Por lo visto, una de las aficiones de mi pariente consistía en aclimatar animales exóticos, y se había traído del Brasil una cantidad de aves y de otros animales que estaba tratando de criar en Inglaterra.

Una vez que cruzamos la puerta exterior del parque de Greylands, se nos ofrecieron numerosas pruebas de esa afición suya. Algunos ciervos pequeños y con manchas, un extraño jabalí que, según creo, es conocido con el nombre de pecarí, una oropéndola de plumaje espléndido, algunos ejemplares de armadillos y un extraño animal que caminaba pesadamente y que parecía un tejón sumamente grueso, figuraron entre los animales que distinguí mientras el coche avanzaba por la avenida curva.

Míster Everand King, mi primo desconocido, estaba en persona esperándome en la escalinata de su casa, porque nos vio a lo lejos y supuso que era yo el que llegaba. Era hombre de aspecto muy sencillo y bondadoso, pequeño de estatura y corpulento, de cuarenta y cinco años, quizá, y de cara llena y simpática, atezada por el sol del trópico y plagada de mil arrugas. Vestía traje blanco, al estilo auténtico del cultivador tropical; tenía entre sus labios un cigarro, y en su cabeza un gran sombrero panameño echado hacia atrás. La suya era una figura que asociamos con la visión de una terraza de *bungalow,* y parecía curiosamente desplazada delante de aquel palacio inglés, grande de tamaño y construido de piedra de sillería, con dos alas macizas y columnas estilo Palladio delante de la puerta principal.

–¡Mujer, mujer, aquí tenemos a nuestro huésped! –gritó, mirando por encima de su hombro–. ¡Bien venido, bien venido a Greylands! Estoy encantado de conocerte, primo Marshall, y considero como una gran atención el que hayas venido a honrar con tu presencia esta pequeña y adormilada mansión campestre.

Sus maneras no podían ser más cordiales. En seguida me sentí a mis anchas. Pero toda su cordialidad apenas podía compensar la frialdad e incluso grosería de su mujer, es decir, de la mujer alta y ceñuda que acudió a su llamada. Según tengo entendido, era de origen brasileño, aunque hablaba a la perfección el inglés, y yo disculpé sus maneras, atribuyéndolas a su ignorancia de nuestras costumbres. Sin embargo, ni entonces ni después trató de ocultar lo poco que le agradaba mi visita a Greylands Court. Por regla general, sus palabras eran corteses, pero poseía unos ojos negros extraordinariamente expresivos, y en ellos leí con claridad, desde el primer momento, que anhelaba vivamente que yo regresara a Londres.

Sin embargo, mis deudas eran demasiado apremiantes, y los proyectos que yo basaba en mi rico pariente, demasiado vitales para dejar que fracasasen por culpa del mal genio de su mujer. Me despreocupé, por tanto, de su frialdad y le devolví a mi primo la extraordinaria cordialidad con que me había acogido. Él no había ahorrado molestias para procurarme toda clase de comodidades. Mi habitación era encantadora. Me suplicó que le indicase cualquier cosa que pudiera apetecer para estar allí completamente a mi gusto. Tuve en la punta de la lengua contestarle que un cheque en blanco resultaría una ayuda eficaz para que yo me considerara feliz, pero me pareció prematuro en el estado en que se encontraban nuestras relaciones. La cena fue excelente. Cuando de sobremesa, nos sentamos a fumar unos habanos y a tomar el café, que, según me informó, se lo enviaban, seleccionado para él, de su propia plantación, me pareció que todas las alabanzas del cochero estaban justificadas, y que jamás había yo tratado con un hombre más cordial y hospitalario.

Pero, no obstante la simpatía de su temperamento, era hombre de firme voluntad y dotado de un genio arrebatado muy característico. Lo pude comprobar a la mañana siguiente. La curiosa animadversión que la señora de mi primo había concebido hacia mí era tan fuerte, que su comportamiento durante el desayuno me resultó casi ofensivo. Pero, una vez que su esposo se retiró de la habitación, ya no hubo lugar a dudas acerca de lo que pretendía, porque me dijo:

—El tren más conveniente del día es el que pasa a las doce y cincuenta minutos.

—Es que yo no pensaba marcharme hoy —le contesté con franqueza, quizá con arrogancia, porque estaba resuelto a no dejarme echar de allí por esa mujer.

—¡Oh, si es usted quien ha de decidirlo...! —dijo ella, y dejó cortada la frase, mirándome con una expresión insolente.

—Estoy seguro de que míster Everard King me lo advertiría si yo traspasara su hospitalidad.

—¿Qué significa esto? ¿Qué significa esto? —preguntó una voz, y mi primo entró en la habitación.

Había escuchado mis últimas palabras, y le bastó dirigir una sola mirada a mi cara y a la de su esposa.

Su rostro, regordete y simpático, se revistió en el acto con una expresión de absoluta ferocidad, y dijo:

—¿Me quieres hacer el favor de salir, Marshall?

Diré de paso que mi nombre y apellido son Marshall King.

Mi primo cerró la puerta en cuanto hube salido, e inmediatamente oí que hablaba a su mujer en voz baja, pero con furor concentrado. Aquella grosera ofensa a la hospitalidad lo había lastimado evidentemente en lo más vivo. A mí no me gusta escuchar de manera subrepticia, y me alejé paseando hasta el prado. De pronto oí a mis espaldas pasos precipitados y vi que se acercaba la señora con el rostro pálido de emoción y los ojos enrojecidos de tanto llorar.

—Mi marido me ha rogado que le presente mis disculpas, míster Marshall King —dijo, permaneciendo delante de mí con los ojos bajos.

—Por favor, señora, no diga ni una palabra más.

Sus ojos negros me miraron de pronto con pasión:

—¡Estúpido! —me dijo con voz sibilante y frenética vehemencia. Luego giró sobre sus tacones y marchó rápida hacia la casa.

La ofensa era tan grave, tan insoportable, que me quedé de una pieza, mirándola con asombro. Seguía en el mismo lugar cuando vino a reunirse conmigo mi anfitrión. Había vuelto a ser el mismo hombre simpático y regordete.

—Creo que mi señora se ha disculpado de sus estúpidas observaciones —me dijo.

—¡Sí, sí; lo ha hecho, claro que sí!

Me pasó la mano por el brazo y caminamos de aquí para allá por el prado.

–No debes tomarlo en serio –me explicó–. Me dolería de una manera indecible que acortases tu visita aunque sólo fuera por una hora. La verdad es que no hay razón para que entre parientes guardemos ningún secreto: mi buena y querida mujer es increíblemente celosa. Le molesta que alguien, sea hombre o mujer, se interponga un instante entre nosotros. Su ideal es una isla desierta y un eterno diálogo entre los dos. Eso te dará la clave de su conducta, que en este punto, lo reconozco, no anda lejos de una manía. Dime que ya no volverás a pensar en lo sucedido.

–No, no; desde luego que no.

–Pues entonces, prende este cigarro y acompáñame para que veas mi pequeña colección de animales.

Esta inspección nos ocupó toda la tarde, porque allí estaban todas las aves, animales y hasta reptiles que él había importado. Algunos vivían en libertad, otros en jaulas y pocos, encerrados en el edificio. Me habló con entusiasmo de sus éxitos y de sus fracasos, de los nacimientos y de las muertes registradas; gritaba como un escolar entusiasmado cuando, durante nuestro paseo, alzaba las alas del suelo algún espléndido pájaro de colores o cuando algún animal extraño se deslizaba hacia el refugio. Por último, me condujo por un pasillo que arrancaba de una de las alas de la casa. Al final había una pesada puerta que tenía un cierre corredizo, a modo de mirilla; junto a la puerta salía de la pared un manillar de hierro, unido a una rueda y a un tambor. Una reja de fuertes barrotes se extendía de punta a punta del pasillo.

–¡Te voy a enseñar la perla de mi colección! –dijo–. Sólo existe en Europa otro ejemplar, desde la muerte del cachorro que había en Rotterdam. Se trata de un gato del Brasil.

–¿Pero en qué se diferencian de los demás gatos?

–Pronto lo vas a ver –me contestó riendo–. ¿Quieres tener la amabilidad de correr la mirilla y mirar hacia el interior?

Así lo hice, y vi una habitación amplia y desocupada, con el suelo enlosado y ventanas de barrotes en la pared del fondo. En el centro de la habitación, tumbado en medio de una luz dorada de sol, estaba acostado un gran animal, del tamaño de un tigre, pero tan negro y lustroso como el ébano. Era, pura y simplemente, un gato negro enorme y muy bien cuidado; estaba recogido sobre sí mismo, calentándose en aquel estanque amarillo de luz tal como lo haría cualquier gato. Era tan flexible, musculoso, agradable y diabólicamente suave, que yo no podía apartar mis ojos de la ventanita.

–¿Verdad que es magnífico? –me dijo mi anfitrión, poseído de entusiasmo.

–¡Una maravilla! Jamás he visto animal más espléndido.

–Hay quienes le dan el nombre de puma negro, pero en realidad no tiene nada de puma. Este animal mío anda por los once pies, desde el hocico hasta la cola. Hace cuatro años era una bolita de pelo negro y fino, con dos ojos amarillos que miraban fijamente. Me lo vendieron como cachorro recién nacido en la región salvaje de la cabecera del río Negro. Mataron a la madre a lanzazos cuando ya había matado a una docena de sus atacantes.

–Según eso, son animales feroces.

–No los hay más traicioneros y sanguinarios en toda la superficie de la tierra. Habla a los indios de las tierras altas de un gato del Brasil y verás como salen corriendo. La caza preferida de estos animales es el hombre. Este ejemplar mío no le ha tomado todavía el sabor a la sangre caliente, pero si llega a hacerlo se convertirá en un animal espantoso. En la actualidad no tolera dentro de su cubil a nadie sino a mí. Ni siquiera su cuidador, Baldwin, se atreve a acercársele. Pero yo soy para él la madre y el padre en una pieza.

Mientras hablaba abrió de pronto la puerta, y con gran asombro mío se deslizó dentro cerrándola inmediatamente a sus espaldas. Al oír su voz, el voluminoso y flexible animal se levantó, bostezó y se frotó cariñosamente la cabeza redonda y negra contra su costado, mientras mi primo le daba golpecitos y le acariciaba.

–¡Vamos, *Tommy*, métete en tu jaula! –le dijo mi primo.

El fenomenal gato se dirigió a un lado de la habitación y se enroscó debajo de unas rejas. Everard King salió, y, agarrando el manillar de hierro al que antes me he referido, empezó a hacerlo girar. A medida que lo accionaba, la reja de barrotes del pasillo empezó a meterse por una rendija que había en el muro y fue a cerrar la parte delantera del espacio enrejado, convirtiéndolo en una verdadera jaula. Cuando estuvo en su sitio, mi primo abrió la puerta otra vez y me invitó a pasar a la habitación, en la que se percibía el olor penetrante y rancio característico de los grandes animales carnívoros.

–Así es como lo tratamos –me dijo Everard King–. Le dejamos espacio abundante para que vaya y venga por la habitación, pero cuando llega la noche lo encerramos en su jaula. Para darle libertad basta hacer girar el manillar desde el pasillo, y para encerrarlo actuamos como tú acabas de ver. ¡No, no; no se te ocurra hacer eso!

Yo había metido la mano entre los barrotes para palmear el lomo brillante que se alzaba y bajaba con la respiración. Mi primo tiró de mi mano hacia atrás con una expresión de seriedad en el rostro.

–Te aseguro que eso que acabas de hacer es peligroso. No vayas a suponer que cualquier otra persona puede tomarse las libertades que yo me tomo con este animal. Es muy exigente en sus amistades. ¿Verdad que sí, *Tommy*? ¡Ha oído ya que llega el que le trae la comida! ¿No es así, muchacho?

Se oyeron pasos en el corredor enlosado, y el animal saltó sobre sus patas y se puso a caminar de un lado para otro de su estrecha jaula, con los ojos llameantes y la lengua escarlata temblando y agitándose por encima de la blanca línea de sus dientes puntiagudos. Entró un cuidador que traía en una artesilla un trozo de carne cruda y se lo tiró por entre los barrotes. El animal se lanzó con ligereza y lo atrapó, retirándose luego a un rincón; allí, sujetándolo entre sus garras, empezó a destrozarlo a mordiscos, alzando su hocico ensangrentado para mirarnos de cuando en cuando a nosotros. El espectáculo era fascinante, aunque de malignas sugerencias.

–¿Verdad que no puede extrañarte que yo le tenga afición a ese animal? –dijo mi primo, cuando salíamos de la habitación–. Especialmente, si se piensa en que fui yo quien lo crió. No ha sido cosa de broma transportarlo desde el centro de Sudamérica; pero aquí está ya, sano y salvo, y, como te he dicho, es el ejemplar más perfecto que hay en Europa. La dirección del Zoo daría cualquier cosa por tenerlo; pero, la verdad, es que yo no puedo separarme de él. Bueno; creo que ya te he mortificado bastante con mi chifladura, de modo que lo mejor que podemos hacer es seguir el ejemplo de *Tommy* y marchar a que nos sirvan el almuerzo.

Tan absorto estaba mi pariente de Sudamérica con su parque y sus curiosos ocupantes, que no creí al principio que se interesara por ninguna otra cosa. Sin embargo, pronto comprendí que tenía otros intereses, bastante apremiantes, al ver el gran número de telegramas que recibía. Le llegaban a todas horas y los abría siempre con una expresión de máxima ansiedad y anhelo en su cara. Supuse a veces que se trataba de negocios relacionados con las carreras de caballos, y también de operaciones de Bolsa; pero con toda seguridad que se traía entre manos negocios muy urgentes y muy ajenos a las actividades de las llanuras de Suffolk. En ninguno de los seis días que duró mi visita recibió menos de cuatro telegramas, llegando en ocasiones hasta siete y ocho.

Yo había aprovechado tan perfectamente aquellos seis días que, al transcurrir ese plazo, estaba ya en términos de máxima cordialidad con mi primo. Todas las noches habíamos prolongado la velada hasta muy tarde en el salón de billares. Él me contaba los más extraordinarios relatos de sus aventuras en América; unos relatos tan arriesgados y temerarios, que me costaba trabajo relacionarlos con aquel hombrecito, curtido y regordete que tenía delante... Yo, a mi vez, me aventuré a contarle algunos de mis propios recuerdos de la vida londinense, que le interesaron hasta el punto de prometer venir a Grosvenor Mansions y vivir conmigo. Sentía verdadero anhelo por conocer el aspecto más disoluto de la vida de la gran ciudad y, mal está que yo lo diga, no podía desde luego haber elegido un guía más competente. Hasta el último día de mi estancia, no me arriesgué a abordar lo que me preocupaba. Le hablé francamente de mis dificultades pecuniarias y de mi ruina inminente, y le pedí consejo, aunque lo que de él esperaba era algo más sólido. Me escuchó atentamente, dando grandes chupadas a su cigarro, y me dijo por fin:

—Pero tengo entendido que tú eres el heredero de nuestro pariente lord Southerton.

—Tengo toda clase de razones para creerlo, pero jamás ha querido darme nada.

—Sí, ya he oído hablar de su tacañería. Mi pobre Marshall, tu situación ha sido sumamente difícil. A propósito, ¿no has tenido noticias últimamente de la salud de lord Southerton?

–Se está muriendo desde que yo era niño.

–Así es. No ha habido jamás un gozne chirriante como ese hombre. Quizá tu herencia tarde todavía mucho en llegar a tus manos. ¡Válgame Dios!, ¿en qué situación más lamentable te encuentras!

–He llegado a tener alguna esperanza de que tú, conociendo como conoces la realidad, quizá accedieras a adelantarme...

–Ni una palabra más, muchacho –exclamó con la máxima cordialidad–. Esta noche hablaremos del asunto y te prometo hacer todo cuanto esté en mi mano.

No lamenté el que mi visita estuviese llegando a su término, porque es una cosa desagradable el vivir con el convencimiento de que hay en la casa una persona que anhela vivamente que uno se marche. La cara cetrina y los ojos antipáticos de la esposa de mi primo me mostraban cada vez más un odio mayor. Ya no se conducía con grosería activa, porque el miedo a su marido no se lo consentía; pero llevó su insana envidia hasta el extremo de no darse por enterada de mi presencia, de no hablarme nunca y de hacer mi estancia en Greylands todo lo desagradable que pudo. Tan insultantes fueron sus maneras en el transcurso del último día, que, sin duda alguna, me habría marchado inmediatamente, de no mediar la entrevista que había de celebrar con mi primo aquella noche y que yo esperaba me sacara de mi ruinosa situación.

La entrevista se celebró muy tarde, porque mi pariente, que en el transcurso del día recibió más telegramas que de ordinario, se encerró después de la cena en su despacho, y únicamente salió cuando ya todos se habían retirado a dormir. Le oí realizar su ronda como todas las noches, cerrando las puertas y, por último, vino a juntarse conmigo en la sala de billares. Su voluminosa figura estaba envuelta en un batín, y tenía los pies metidos en unas zapatillas rojas turcas sin talones. Tomó asiento en un sillón, se preparó un *grog* en el que el *whisky* superaba al agua, y me dijo:

—¡Vaya noche la que hace!

En efecto, el viento aullaba y gemía en torno de la casa, y las ventanas de persianas retemblaban y golpeaban como si fueran a ceder hacia adentro. El resplandor amarillo de las lámparas y el aroma de los cigarros parecían, por contraste, más brillante uno y más intenso el otro. Mi anfitrión me dijo:

—Bien, muchacho; disponemos de la casa y de la noche para nosotros solos. Explícame cómo están tus asuntos y yo veré lo que puede hacerse para ponerlos en orden. Me agradaría conocer todos los detalles.

Animado por estas palabras, me lancé a una larga exposición en la que fueron desfilando todos mis proveedores y mis banqueros, desde el dueño de la casa hasta mi ayuda de cámara. Llevaba en el bolsillo algunas notas, ordené los hechos, y creo que hice una exposición muy comercial de mi sistema de vida anticomercial y de mi lamentable situación. Sin embargo, me sentí deprimido al darme cuenta de que la mirada de mi compañero parecía perdida en el vacío, como si su atención estuviese en otra parte. De cuando en cuando lanzaba una observación, pero era tan de compromiso y fuera de lugar, que tuve la seguridad de que no había seguido el conjunto de mi exposición. De cuando en cuando parecía despertar de su ensimismamiento y esforzarse por exhibir algún interés, pidiéndome que repitiese algo o que me explicase más a fondo, pero siempre volvía a recaer en su ensimismamiento. Por último, se puso de pie y tiró a la rejilla de la chimenea la colilla de su cigarro, diciéndome:

—Te voy a decir una cosa, muchacho; yo no tuve jamás buena cabeza para los números, de modo que ya sabrás disculparme. Lo que tienes que hacer es exponerlo todo por escrito y entregarme una nota de la totalidad. Cuando lo vea en negro y blanco lo comprenderé.

La proposición era animadora y le prometí hacerlo.

–Bien, ya es hora de que nos acostemos. Por Júpiter, el reloj del vestíbulo está dando la una.

Por entre el profundo bramido de la tormenta se dejó oír el tintineo del reloj que daba la hora. El viento pasaba rozando la casa con el ímpetu de la corriente de agua de un gran río. Mi anfitrión dijo:

–Antes de acostarme tendré que echar un vistazo a mi gato. Estos ventarrones lo excitan. ¿Quieres venir?

–Desde luego que sí –le contesté.

–Pues entonces, camina pisando suave y no hables, porque todo el mundo está acostado.

Cruzamos en silencio el vestíbulo iluminado por lámparas y cubierto con alfombras persas, y nos metimos por la puerta que había al final. Reinaba una absoluta oscuridad en el pasillo de piedra, pero mi anfitrión echó mano de una linterna de caballeriza que colgaba de un gancho y la encendió. Como no se veía en el pasillo la reja de barrotes, comprendí que la fiera estaba dentro de su jaula.

–¡Entra! –dijo mi pariente, y abrió la puerta.

El profundo gruñido que lanzó el animal cuando entramos, nos demostró que, en efecto, la tormenta lo había irritado. A la vacilante luz de la linterna distinguimos la gran masa negra recogida sobre sí misma en el rincón de su cubil, proyectando una sombra achaparrada y grotesca sobre la pared enjalbegada. Su cola se movía irritada entre la paja.

–El bueno de *Tommy* no está del mejor humor –dijo Everard King, manteniendo en alto la linterna y mirando hacia donde estaba su gato–. ¿No es verdad que da la impresión de un demonio negro? Es preciso que le dé una ligera cena para que se amanse un poco. ¿Querrías sostener un momento la linterna?

La tomé de su mano y él avanzó hacia la puerta, y dijo:

–Aquí afuera tiene la despensa. Perdóname un momento.

Salió y la puerta se cerró a sus espaldas con un golpe metálico.

Aquel sonido duro y chasqueante hizo que mi corazón dejase de latir. Se apoderó de mí una súbita oleada de terror. Un confuso barrunto de alguna monstruosa traición me dejó helado. Salté hacia la puerta, pero no había manillar del lado interior.

–¡Oye! –grité–. ¡Déjame salir!

–¡No pasa nada! ¡No armes escándalo! –me gritó mi primo desde el pasillo–. Tienes la luz encendida.

–Sí; pero no me agrada de modo alguno el estar encerrado y solo de esta manera.

–¿Que no te agrada? –Oí que se reía con risa cordial–.

–No vas a estar mucho tiempo solo.

–¡Déjame salir! –repetí, muy irritado–. Te digo que no admito bromas de esta clase.

–Ésa es precisamente la palabra: broma –me contestó, lanzando otra risa odiosa.

Y de pronto, entre el bramar de la tormenta, oí el chirrido y el gemir del manillar que daba vueltas y el traqueteo de la reja al pasar por la rendija del muro. ¡Santo cielo, estaba poniendo en libertad al gato del Brasil!

A la luz de la linterna vi cómo la reja de barrotes iba retirándose lentamente delante de mí. Había ya una abertura de un pie en su extremidad. Lancé un alarido y agarré el último barrote, tirando de él con toda la energía de un loco. En efecto, yo estaba loco de furor y de espanto. Sostuve por unos momentos el mecanismo, inmovilizándolo. Me di cuenta de que él, por su parte, empujaba con todas sus fuerzas el manillar, y que el sistema de palanca acabaría por sobreponerse a mis fuerzas. Fui cediendo pulgada a pulgada;

mis pies resbalaban sobre las losas y en todo ese tiempo yo pedía y suplicaba a aquel monstruo inhumano que me librase de tan terrible muerte. Se lo supliqué por nuestro parentesco. Le recordé que yo era huésped suyo; le pregunté qué daño le había hecho. Él no daba otras respuestas que los empujones y tirones del manillar; con cada uno de ellos, y a pesar de todos mis forcejeos, se iba llevando otro barrote por la rendija de la pared. Aferrándome y tirando con todas mis fuerzas, me vi arrastrado a todo lo largo de la parte delantera de la jaula; por último, con las muñecas doloridas y los dedos desgarrados, renuncié a la lucha inútil. Al soltar el enrejado, éste se retiró totalmente con un golpe seco, y un momento después oí cómo se alejaba por el pasillo el ruido de las pisadas de las zapatillas turcas, que terminó con el chasquido de una puerta lejana cerrada de golpe. Luego reinó el silencio.

El animal no se había movido de su sitio en todo ese tiempo. Permanecía tumbado en el rincón, y su cola había dejado de moverse. Por lo visto lo había llenado de asombro la aparición de un hombre agarrado a los barrotes de su jaula y arrastrado por delante de él dando alaridos. Vi cómo sus ojos enormes me miraban con fijeza. Al aferrarme a los barrotes, había dejado caer la linterna, pero seguía encendida en el suelo y yo hice un movimiento para apoderarme de ella, movido por la idea de que quizá su luz me protegiese. Pero en el instante mismo en que me moví, la fiera dejó escapar un gruñido profundo y amenazador. Me detuve y permanecí en mi sitio temblando de miedo. El gato (si es que puede darse este nombre tan casero a un animal horrible como aquél) estaba a menos de diez pies de mí. Le brillaban los ojos como dos discos de fósforo en la oscuridad. Me aterraban, y, sin embargo, me fascinaban. No podía apartar de esos ojos los míos. En momentos de intensidad tan grande como eran aquéllos para mí, la naturaleza nos hace las más extrañas jugarretas; esos ojos brillantes se encendían y se desvanecían como dos luces que suben y bajan en un ritmo constante. Había momentos en que yo los veía como dos puntos minúsculos de un brillo extraordinario, como dos chispas eléctricas en la negra oscuridad; pero luego se ensanchaban y ensanchaban hasta ocupar con su luz siniestra y movediza todo el ángulo de la habitación. Pero, de pronto, se apagaron por completo.

La fiera había cerrado los ojos. No sé si hay algo de verdad en la vieja idea del dominio que ejerce la mirada del hombre, o si fue porque el enorme gato estaba simplemente amodorrado, lo cierto es que, lejos de mostrar síntomas de querer atacarme, se limitó a apoyar su cabeza negra y sedosa sobre sus terribles garras delanteras y pareció dormirse. Seguí de pie, temiendo moverme y despertarlo otra vez a la vida y a la malignidad. Pero, por último, pude pensar claramente libre ya de la impresión de aquellos ojos ominosos. Estaba encerrado para toda la noche con la fiera feroz. Mi propio instinto, para no referirme a las palabras de aquel miserable calculador que me había hecho caer en esta trampa, me advertía que ese animal era tan salvaje como su amo. ¿Cómo me las arreglaría para mantenerlo en esa situación en que estaba ahora hasta que amaneciera? Era inútil intentar salvarme por la puerta, lo mismo que por las ventanas estrechas y enrejadas. Dentro de la habitación, desnuda y embaldosada, no existía para mí ninguna clase de refugio. Era absurdo que gritara pidiendo socorro. Este cubil era una construcción accesoria, y el pasillo que lo unía a la casa tenía, por lo menos, una largura de cien pies. Además, mientras en el exterior bramase la tormenta, no era probable que nadie oyera mis gritos. Sólo podía confiar en mi propio valor y en mi propio ingenio. De pronto, con una nueva oleada de espanto, mis ojos se posaron en la linterna. Su vela ardía ya a muy poca altura y empezaban a formarse estrías laterales. No tardaría diez minutos en apagarse. Sólo disponía, por tanto, de diez minutos para tomar alguna iniciativa, porque una vez que quedara en la oscuridad y próximo a la fiera espantable, sería incapaz de acción. Ese mismo pensamiento me tenía paralizado. Miré por todas partes con ojos de desesperación dentro de esa cámara mortuoria, y de pronto me fijé en un lugar que parecía prometer, si no salvación, por lo menos un peligro no tan inmediato e inminente como el suelo desnudo.

He dicho que la jaula, además de tener una parte delantera, tenía también una parte superior, que permanecía fija cuando se recogía la delantera a través de la rendija del muro. La parte superior estaba formada por barras separadas entre sí por pocas pulgadas, estando esa separación cubierta con tela de alambre fuerte a su vez, y el todo descansando en las dos extremidades sobre dos fuertes montantes. En ese momento producía la impresión de un gran solio hecho de barras, bajo el cual estaba agazapada en un rincón la fiera. Entre esa parte superior de la jaula y el techo quedaba una especie de estante de unos dos a tres pies de altura. Si yo conseguía subir hasta allí y meterme entre los barrotes y el cielo raso, sólo tenía un lado vulnerable. Estaría a salvo por debajo, por detrás y a cada lado. Únicamente podía ser atacado de frente. Es cierto que por ese lado no tenía protección alguna; pero, al menos, me encontraría fuera del camino de la fiera cuando ésta comenzara a pasearse dentro de su cubil. Para llegar hasta mí tendría que salirse de su camino. Tenía que hacerlo ahora o nunca, porque en cuanto la luz se apagase me resultaría imposible. Hice una profunda inspiración y salté, aferrándome al borde de hierro de la parte superior de la jaula, y me metí, jadeante, en aquel hueco. Al retorcerme quedé con la cara hacia abajo, y me encontré mirando en línea recta a los ojos terribles y las mandíbulas abiertas del gato. Su aliento fétido me daba en la cara lo mismo que una vaharada de vapor de una olla infecta hirviendo.

Me pareció que el animal se mostraba más bien curioso que irritado. Con una ondulación de su lomo largo y negro se levantó, se estiró, y luego, apoyándose en sus patas traseras, con una de las garras delanteras en la pared, levantó la otra y pasó sus uñas por la tela de alambre que yo tenía debajo. Una uña afilada y blanca rasgó mis pantalones –porque no he dicho que estaba con mi traje de *smoking* – y me abrió un surco en mi rodilla. La fiera no hizo aquello agresivamente, sino más bien como tanteo, porque al lanzar yo un agudo grito de dolor, se dejó caer de nuevo al suelo, saltó luego ágilmente a la habitación, empezó a pasearse con paso rápido alrededor, y de cuando en cuando lanzaba una mirada hacia mí. Yo, por mi parte, me apretujé muy adentro hasta tocar con la espalda la pared, comprimiéndome de manera de ocupar el más pequeño espacio posible. Cuanto más adentro me metía, más difícil iba a serle atacarme.

Parecía irse excitando con sus paseos, y se puso a correr ágilmente y sin ruido por el cubil, cruzando continuamente por debajo de la cama de hierro en que yo estaba tendido. Era un espectáculo maravilloso el de ese cuerpo enorme dando vueltas y vueltas como una sombra, sin que apenas se oyese un ligerísimo tamborileo de las patas aterciopeladas. La vela brillaba con muy poca luz, hasta el punto exacto en que yo podía distinguir al animal. De pronto, después de una última llamarada y chisporroteo se apagó por completo. ¡Me encontraba a solas y en la oscuridad con el gato!

Parece que el saber que uno ha hecho todo lo posible, ayuda a enfrentarse con el peligro. No queda entonces otro recurso que el de esperar con calma el resultado. En mi caso la única posibilidad de salvación estaba en el sitio en que me había refugiado. Me estiré, pues, y permanecí en silencio, sin respirar casi, con la esperanza de que la fiera se olvidara de mi presencia si yo no hacía nada por recordárselo. Calculo que serían las dos de la madrugada. A las cuatro amanecería. Sólo tenía, pues, que esperar dos horas a la luz del día.

En el exterior, la tormenta seguía furiosa y la lluvia azotaba constantemente las pequeñas ventanas. En el interior, la atmósfera fétida y ponzoñosa era insoportable. Yo no veía ni oía al gato. Traté de pensar en otras cosas; pero sólo había una con fuerza suficiente para apartar mi pensamiento de la terrible situación en que me encontraba; la villanía de mi primo, su hipocresía no igualada por nadie, el odio maligno que me profesaba. Un alma de asesino medieval acechaba detrás de aquella cara simpática. Cuanto más pensaba en ello, más claramente veía toda la astucia con que había preparado el golpe. Por lo visto se había acostado como los demás. Sin duda alguna había preparado sus testigos, para demostrarlo. Después, sin que esos testigos lo advirtiesen, había bajado sigilosamente, me había metido con engaños en el cubil y me había dejado encerrado. La historia que él contaría era por demás sencilla. Yo me había quedado en el salón de billares terminando de fumar mi cigarro. Había bajado por propia iniciativa para echar una última ojeada al gato del Brasil, me había metido en la habitación sin darme cuenta de que la jaula estaba abierta y la fiera había hecho presa de mí. ¿Cómo se le podría demostrar el crimen que había cometido? Quizá hubiese sospechas; pero jamás se obtendrían pruebas.

¡Con qué lentitud transcurrieron aquellas dos horas espantosas! En una ocasión llegó a mis oídos un ruido apagado, raspante, que yo atribuí al lamido del pelo del animal. En varias ocasiones los ojos verdosos me enfocaron brillantes a través de la oscuridad, pero nunca me miraron fijamente, y cada vez fue mayor mi esperanza de que me olvidara o de que no se diese por enterado de mi presencia. Pero llegó un momento en que penetró por las ventanas un asomo de luz; empecé a verlas como dos recuadros grises en la pared negra. Luego los recuadros se volvieron blancos y pude ver de nuevo a mi terrible compañero. ¡Y él también pudo verme a mí, por desgracia!

Comprendí en el acto que la fiera se encontraba de un humor más peligroso y agresivo que cuando dejé de verlo. El frío de la mañana lo había irritado y, además, estaba hambriento. Iba y venía con un gruñido constante y con paso rápido, por el lado de la habitación que estaba más alejado de mi refugio, con los bigotes rizados de furor, y enhiestando y descargando latigazos con la cola. Cuando daba media vuelta al llegar a los ángulos de la pared, alzaba siempre hacia mí los ojos, preñados de espantosas amenazas. Comprendí que se estaba preparando para matarme. Y, sin embargo, hasta en una situación tan crítica yo no podía menos que admirar la elegancia sinuosa de la endiablada alimaña, sus movimientos sin violencia, ondulantes, de suaves curvas, el brillo de su lomo magnífico, el color escarlata palpitante de su lengua lustrosa que colgaba fuera del morro azabache.

El gruñido profundo y amenazador subía y subía de tono, en un crescendo ininterrumpido. Comprendí que había llegado el momento decisivo.

Resultaba lastimoso el esperar una muerte como aquélla en un estado como el que me encontraba: transido, en posición violenta, temblando de frío sobre aquella parrilla de tortura en que estaba tendido con mis ropas ligeras. Me esforcé por reanimarme, por levantar mi alma a una altura superior a esa situación y, al mismo tiempo, con la lucidez cerebral propia de un hombre que se ve perdido, miré por todas partes buscando algún medio posible de salvación. Una cosa era evidente para mí: si fuese posible hacer retroceder a su posición anterior la reja delantera de la jaula, podía encontrar detrás de ella un refugio seguro. ¿Sería yo capaz de volverla a su sitio? Apenas me atrevía a moverme, por temor a que la fiera saltara sobre mí. Lenta, lentísimamente, alargué la mano hasta aferrar con ella el barrote último de la reja, que sobresalía de la rendija del muro exterior. Con gran sorpresa mía, cedió fácilmente al tirón que le di. Como es natural, la dificultad de tirar hacia dentro era producida por el hecho de que yo estaba como pegado a ella, sin poder hacer juego con el cuerpo. Di otro tirón y la reja avanzó tres pulgadas más. Por lo visto, funcionaba sobre ruedas. Volví a tirar... ¡y en ese instante saltó el gato!

La cosa fue tan rápida, tan súbita, que no me di cuenta de cómo había ocurrido. Oí el salvaje rechinar de dientes, y un instante después, la llamarada de los ojos amarillos, la negra cabeza achatada con su lengua roja y centelleantes colmillos, estuvo al alcance de mi mano. El proyectil viviente hizo vibrar con su choque los barrotes en que yo estaba tendido, hasta el punto de que pensé que se venían abajo (si es que en aquel instante podía yo pensar en algo). El gato se balanceó allí un instante, tratando de afianzarse en el borde del enrejado con las patas traseras, quedando su cabeza y sus garras delanteras muy cerca de mí. Oí el chirrido raspante de las uñas en la tela metálica, y sentí en mi cara el nauseabundo aliento de la fiera, que había calculado mal el salto. No pudo sostenerse en aquella postura. Despacio, enseñando furiosa los dientes y arañando con desesperación los barrotes, perdió el equilibrio y cayó pesadamente al suelo. Pero se volvió al instante con un gruñido hacia mí y se agazapó para dar otra vez el salto.

Comprendí que se iba a decidir en unos momentos mi destino. El animal había aprendido la lección y ya no calcularía mal. Era preciso que yo actuara con rapidez y sin temor alguno si quería tener alguna posibilidad de conservar la vida. Me tracé un plan. Me despojé del *smoking* y se lo tiré a la fiera encima de la cabeza. Simultáneamente me dejé caer al suelo y agarré la primera barra de la reja delantera y tiré con frenesí hacia adentro.

Respondió a mi esfuerzo con una facilidad mucho mayor de la que yo esperaba. Crucé la habitación arrastrándola conmigo; pero la posición en que me encontraba al realizar ese avance, me obligó a quedar del lado exterior de la reja. Si hubiese quedado del lado interior, tal vez hubiese salido sin un rasguño. Pero tuve que detenerme un instante para tratar de meterme por la abertura que yo había dejado. Bastó ese instante para dar tiempo a la fiera de desembarazarse del *smoking* con que la había cegado y para lanzarse sobre mí. Me precipité en el interior de la jaula por la abertura y empujé la reja hasta el final; pero el gato cogió mi pierna antes que yo pudiera meterla dentro por completo. Un golpe de su enorme garra me arrancó la pantorrilla lo mismo que un cepillo arranca una viruta de madera. Un instante después, desangrándome y a punto de desmayarme, estaba tendido entre la maloliente cama de paja, y separado de la fiera por aquellas rejas amigas contra las que se lanzaba con loco frenesí.

Demasiado gravemente herido para moverme, y demasiado desmayado para experimentar la sensación del miedo, no pude hacer otra cosa que permanecer tumbado, más muerto que vivo, viendo el espectáculo. El gato apretaba contra los barrotes el pecho negro y ancho, y buscaba atacarme con las uñas ganchudas de sus garras, tal como he visto hacer a un gato delante de una trampa de alambre para ratoncitos. Me arrancaba trozos de la ropa; pero por más que se estiraba, no conseguía asirme. He oído hablar de que las heridas producidas por los grandes animales carnívoros ocasionan una curiosa sensación de embotamiento. En efecto, estaba escrito que yo también lo experimentaría, porque perdí toda conciencia de mi personalidad, y la perspectiva del posible fracaso o éxito de aquel animal me producía el mismo efecto de indiferencia que sí yo estuviera contemplando un juego inofensivo. Después, mi cerebro fue alejándose de una manera insensible hasta la región de los sueños confusos en los que penetraban una y otra vez la negra cara y la roja lengua. Por ese camino me perdí en el nirvana del delirio, en el que encuentran alivio bendito todos aquellos que han llegado a un punto excesivo de sufrimiento.

Tratando posteriormente de rehacer el curso de los acontecimientos, llego a la conclusión de que debí permanecer insensible por espacio de dos horas, más o menos. Lo que me volvió una vez más en mí fue ese vivo chasquido metálico con el que se había iniciado mi terrible experiencia. Era que alguien había hecho retroceder la cerradura automática. A continuación, antes aun de que mis sentidos estuviesen lo suficientemente despiertos para comprender lo que veían, me di cuenta de que en la puerta abierta y mirando hacia el interior estaba la cara regordeta y de simpática expresión de mi primo. Sin duda alguna que el espectáculo que se le ofreció lo dejó atónito. El gato se hallaba agazapado en el suelo. Yo estaba tumbado de espaldas dentro de la jaula, en mangas de camisa, con las perneras de los pantalones desgarradas y rodeado de un gran charco de sangre. En este momento me parece estar viendo su cara de asombro iluminada por los rayos del sol matinal. Miró hacia mí una y otra vez. Luego cerró la puerta a sus espaldas y se adelantó hacia la jaula para ver si yo estaba realmente muerto.

No puedo intentar describir lo que ocurrió, porque no me hallaba en un estado como para testificar o escribir el relato de la escena. Lo único que puedo decir es que tuve conciencia súbita de que retiraba su rostro del mío y de que volvía a mirar a la bestia.

—¡Vamos, querido *Tommy!* ¡Formalidad, querido Tommy! —gritó.

Luego se aproximó a los barrotes de la jaula, vuelto de espaldas hacia mí todavía, y bramó:

—¡Quieto, estúpido animal! ¡Quieto, te digo! ¿Es que no conoces a tu amo?

Aunque mi cerebro estaba como atontado, me vinieron súbitamente al recuerdo las palabras que me había dicho ese hombre, de que el regusto de sangre enfurecía al gato, convirtiéndolo en un demonio. Era mi sangre la que había paladeado; pero el amo iba ahora a pagar el precio de ella.

—¡Apártate! —chilló—. ¡Apártate, demonio! ¡Baldwin! ¡Baldwin! ¡Oh, santo Dios!

Le oí luego caer, levantarse y volver a caer, con ruido de saco que se desgarra. Sus alaridos fueron debilitándose hasta quedar ahogados por el gruñido lacerante. Luego, cuando yo pensaba que había muerto, vi como en una pesadilla una figura ciega, hecha jirones, empapada en sangre, que corría alocada por la habitación... y ésa fue la última visión que tuve de ese hombre antes de volver a perder el conocimiento.

Tardé muchos meses en sanar; a decir verdad, no puedo decir que haya sanado todavía ni que sanaré, porque tendré que usar hasta el fin de mis días un bastón, como recuerdo de la noche que pasé con el gato del Brasil. Cuando Baldwin, el cuidador, y los demás criados acudieron a los gritos de agonía que lanzaba su amo, no pudieron contar lo que había ocurrido, porque a mí me encontraron dentro de la jaula, y los restos mortales de su amo, o lo que más tarde pudieron comprobar que eran sus despojos, los tenía entre sus garras la fiera que él había criado. La ahuyentaron con hierros al rojo y, por último, la mataron a tiros por la ventanita de la puerta. Sólo entonces pudieron extraerme de allí. Me condujeron a mi dormitorio donde permanecí entre la vida y la muerte durante varias semanas, bajo el techo del que quiso asesinarme. Enviaron en busca de un cirujano a Clipton, e hicieron venir de Londres una enfermera. Al cabo de un mes estuve en condiciones de que me llevasen hasta la estación, y luego a mis habitaciones de Grosvenor Mansions.

Conservo de mi enfermedad un recuerdo que bien pudiera pertenecer al panorama constantemente variable creado por mi cerebro febril, si no se hubiera grabado en mi memoria de una manera tan permanente. Cierta noche, estando ausente la enfermera, se abrió la puerta de mi habitación, y una mujer alta y completamente enlutada se deslizó dentro. Se acercó hasta mi cama, e inclinó su cara cetrina hacia mí; al débil resplandor de la lamparilla vi que era la brasileña con la que mi primo estaba casado. Me miró fijamente a la cara, con una expresión mucho más amable de la que yo había conocido, y me preguntó:

–¿Está usted en sí?

Contesté con una leve inclinación de cabeza, porque me sentía aún muy débil.

–Bien, pues, quería decirle que únicamente debe usted culparse a usted mismo de lo ocurrido. ¿No hice yo cuanto pude en su favor? Traté desde el primer momento de alejarlo de esta casa. Me esforcé por librarlo de él, recurriendo a todos los medios, menos al de traicionar al que era mi esposo. Yo sabía que él tenía motivo para atraerlo a esta casa, y que no lo dejaría salir de aquí con vida. Nadie conoció a ese hombre como yo, que tanto he sufrido con él. No me atreví a decirle todo esto. Me habría matado. Pero hice cuanto pude por usted. A fin de cuentas, ha sido para mí el mejor amigo que he tenido. Me ha devuelto mi libertad, cuando yo creía que sólo la muerte era capaz de traérmela. Lamento sus heridas, pero ningún reproche puede hacerme. Le dije que era usted un estúpido y, en efecto, lo ha sido.

Aquella mujer extraña y amargada se deslizó fuera de la habitación, estando escrito que no la volvería a ver jamás. Regresó a su país de origen con lo que le quedó de las riquezas de su esposo, y según noticias recibidas posteriormente, tomó el velo en Pernambuco.

Hasta pasado algún tiempo de mi regreso a Londres los médicos no dictaminaron que me encontraba en condiciones de atender mis asuntos. Esa clase de autorización no me hizo al comienzo muy feliz, porque temía que sirviera de señal a un asalto en masa de mis acreedores; sin embargo, quien primero la aprovechó fue mi abogado Summers.

–Me alegra muchísimo que su señoría se encuentre tan mejorado –me dijo–. Llevo esperando mucho tiempo para presentarle mis felicitaciones.

–¿Qué quiere usted decir con eso, Summers? La cosa no está para bromas.

–Quise decir y digo –me contestó– que desde hace seis semanas es usted lord Southerton, pero no se lo hemos dicho por temor a que la noticia retrasase el curso de su recuperación.

¡Lord Southerton, es decir, uno de los pares más ricos de Inglaterra! No podía creer lo que oía. Y de pronto pensé en el plazo que había transcurrido y en que coincidía con el que yo llevaba herido.

—Según eso, lord Southerton debió fallecer, más o menos, por el tiempo en que yo resulté herido.

—Una y otra cosa ocurrieron el mismo día.

Summers me miraba fijamente al hablar, y yo estoy convencido de que había adivinado la verdadera situación, porque era hombre muy perspicaz. Calló un momento, como si esperara de mí una confidencia; pero yo no creí que se adelantase nada dando aires a semejante escándalo familiar. Entonces él prosiguió, con la misma expresión de quien lo adivina toda:

—Sí, es una coincidencia por demás curiosa. Supongo que sabrá usted que el heredero inmediato de la fortuna era su primo Everard King. Si ese tigre lo hubiese destrozado a usted, y no a él, vuestro primo sería en este momento lord Southerton.

—Desde luego —le contesté.

—¡Con cuánta pasión lo anhelaba! —dijo Summers—. He sabido casualmente que el ayuda de cámara del difunto lord Southerton estaba a sueldo de Everard King, y que le enviaba telegramas con intervalos de pocas horas para informarle del estado de salud de su amo. Esto ocurría, más o menos, por el tiempo en que usted estuvo de visita en su finca. ¿No le resulta extraño que tuviese tanto interés en estar bien informado, no siendo, como no era, el heredero inmediato?

—Sí que es muy extraño —le contesté—. Y ahora, Summers, tráigame las facturas de mis deudas y un nuevo talonario de cheques, para que empecemos a poner las cosas en orden.

EL AUTOR

A los veintiocho años de edad, el éxito de su primera novela policial llevó a Arthur Conan Doyle, un médico inglés, a abandonar su profesión para dedicarse por completo a la literatura. Escribir sería, en adelante, su única actividad.

Había nacido en Edimburgo, en 1859, en un hogar católico, y realizado sus estudios en el colegio de los jesuitas, en Stonyhurt. Luego de cursar la carrera de medicina en su ciudad natal, viajaría como médico naval por los mares árticos y por el litoral africano. Más adelante participaría en las campañas de Sudán y Sudáfrica, y en la Guerra Europea, y dictaría conferencias en casi todo el mundo.

En 1887 publicó su primera obra: *La mancha escarlata*. Continuó escribiendo diversas narraciones, todas del mismo género literario. Su personaje Sherlock Holmes, que según muchos estaba inspirado en uno de los profesores de medicina conocido por su gran perspicacia, alcanzó muy luego la fama. A través de la lógica, la psicología y la ciencia, el genial detective solucionaba los más difíciles y misteriosos casos policiales. El doctor Watson, creado también por Conan Doyle, era quien relataba las aventuras del protagonista.

Sherlock Holmes llegó a ser rápidamente uno de los personajes más populares de la literatura inglesa y la larga serie de sus aventuras dio fama a Conan Doyle. El detective adquirió vida propia, e incluso hoy, cuando se van a completar sesenta y seis años de la muerte del autor, este personaje de ficción ha sido transformado en un mito. Para muchos vive retirado en una granja en Sussex y aún dilucida algunos casos. En Londres son numerosas las personas que se agrupan en la Sociedad Sherlock Holmes, desde donde organizan conferencias, editan una publicación trimestral sobre las actividades del famoso detective y dan respuesta a las innumerables cartas que, desde los más diversos lugares, envían sus fanáticos admiradores a este personaje creado por un médico inglés.

El 6 de agosto de 1885 Sir Arthur contrajo nupcias con Louise Hawkins, con la que tuvo dos hijos: Kingsley y Mary Louise. Lamentablemente, el 5 de julio de 1906 fallece su esposa víctima de tuberculosis.

No obstante, desde hacía diez años, o sea desde el 15 de marzo de 1897, estuvo enamorado de la que se convertiría en su segunda mujer, Jean Leckie. Sin embargo, los enamorados fueron siempre fieles y leales con Louise Hawkins, por ese entonces inválida y postrada en cama: "No podemos mandar en nuestros sentimientos, pero sí debemos mandar en nuestra conducta", escribió Conan Doyle en aquella época. Contrajeron matrimonio un año después de la muerte de la señora Hawkins, el 18 de septiembre de 1907, y tuvieron tres hijos: los niños Denis y Adrián y una niña, Lena.

Conan Doyle escribió también novelas históricas –al estilo de Walter Scott–, opúsculos de propaganda patriótica –que le hicieron acreedor al título de caballero– y algunas comedias, como la *Historia de Waterloo,* que fue representada con éxito en 1900. En los últimos años de su vida se interesó vivamente por el espiritismo y las ciencias ocultas, y sobre ello escribió sus tres últimas obras. Bajo el título *Cuentos espeluznantes* aparecen reunidos seis relatos en los que el patetismo y la fantasía macabra de Sir Arthur Conan Doyle llegan a un dramatismo de intensidad asombrosa. Una acción hábilmente planteada mantiene el interés en todo momento y salva cualquier resistencia que pudiera presentar la lógica de algún lector, hasta llegar a un final rápido y tajante. El conjunto de cuentos es realmente una obra maestra de la técnica del saber contar.

Falleció el 11 de julio de 1930 y fue enterrado en los jardines de Mindlesham. En su tumba se lee el siguiente epitafio:

SIR ARTHUR CONAN DOYLE
Nació el 22 de mayo de 1859

Temple de acero, rectitud de espada

Como puede observarse, sólo se encuentra inscrita su fecha de nacimiento. Sin duda, parece ser esta una señal para quien, como Conan Doyle, día a día da un nuevo paso hacia la inmortalidad.

ÍNDICE

Espanto en las alturas 5

El embudo de cuero 29

La catacumba nueva 47

El caso de Lady Sannox 67

El espanto de la cueva de Juan Azul 81

El gato del Brasil 107

El autor 135